AF284146

Der Achte Tag

Tag

Zwei Juden gegen das
Deutsche Reich und die
Theorie von Allem

Dr. rer. nat. habil. T. Bodan

2. Illustrierte Ausgabe, Dezember 2022.

ISBN: 978-3-7534-5302-6

Herstellung und Verlag: BoD – Books on Demand, Norderstedt

Text Copyright © 20215 Dr. rer. nat. habil. T. Bodan & Dr. Norbert Schwarzer

Mit Illustrationen von Livia (13) & Filia Schwarzer (9)

Cover Copyright © 2021 Peggy Heuer-Schwarzer, ESAE

Den Opfern des Holocaust

Den Opfern ignoranter Politiker

Den Opfern dummer Menschen

Inhalt

Vorwort zum Achten Tag

Ja, mein Kind lebt nicht mehr. Das heißt, sein Körper lebt nicht mehr, er ist tot. Trotzdem werde ich das Gefühl nicht los, dass ich das, was ich meinem Kind versprochen hatte, halten muss und dass es, wo immer es auch jetzt sein mag, mich daran misst, ob ich dies tue oder nicht. Der tote Körper ändert nichts daran, dass ich ein Versprechen gegeben habe und eine Verpflichtung eingegangen bin. Ich kann nicht wissen ob die eingegangene Verpflichtung, nun da mein Kind nicht mehr lebt und mir nicht mehr direkt, von lebendigem Angesicht zu Angesicht, wenn man so will, zuhört, einfach so "gestorben ist". Ich kann nicht wissen, ob mein Kind mir nicht doch irgendwie zuhört, vielleicht sogar sehnsüchtig darauf wartet, dass ich die Lehrstunde beende, die wir gemeinsam vor gut 7 Tagen begonnen haben. Alles, was ich über die Welt weiß, deutet darauf hin, dass Information nicht verloren gehen kann und damit alles, was uns ausmacht, nicht weg sein kann, wenn unsere Körper sterben. Mein Kind ist also da, irgendwie und irgendwo, und ich werde nun mein Versprechen einlösen und meine Möglichkeiten einsetzen um zu versuchen die Welt zu erklären. Dabei muss ich interessanter Weise kaum etwas selbst tun. Die Arbeit wurde bereits erledigt. Und zwar von einem Jungen namens Samuel und seinem Vater. Beide starben vor genau 70 Jahren in Auschwitz und sie waren die größten Wissenschaftler aller Zeiten.

Es war sehr schwer für mich alle ihre höchst erstaunlichen Werke zusammenzutragen, denn oft waren es nur kleine Kritzeleien an den Rändern alter Zeitungen. Manches fand sich mit zitternder Hand geschrieben auf zerfallenden Zetteln irgendwelcher Veröffentlichungen anderer Wissenschaftler, oder gar nur Zeichnungen und Gleichungen, eingeritzt irgendwo in den erbärmlichen Unterkünften in denen sie gezwungen waren zu hausen. Die letzten und wichtigsten Schlüssel ihrer Arbeiten findet man als verblasste Kalk- oder Kohlestriche in einem Waggon der Reichsbahn mit dem Juden in die Vernichtungslager transportiert wurden und in dem trostlosen Raum, in dem die beiden am Ende starben, einer Gaskammer in Auschwitz.

Vorwort für die ersten 7 Tage

"Es gab eine Zeit, da dachte ich, dass dieses Buch schwer zu lesen sei und sicher auch ebenso schwer zu verstehen. Das ist wohl auch kaum anders zu erwarten, denn die Welt ist schließlich nicht leicht zu erklären. Lernen und wirkliches Verstehen sind nie leicht. Es sind Dinge, die eine horrende Aufgabe darstellen, eine Aufgabe so komplex, vielgestaltig und herausfordernd wie das Leben selbst. Denn Leben ist Lernen – ein Leben lang – und auch das Sterben gehört dazu. Auch das ist Lernen und – JA – es gehört zum Leben. Doch dann las die erst 12jährige Tochter eines guten Freundes mein Buch und begann – frei und ungezwungen, ganz nach ihrem Verständnis – einige Bilder zu zeichnen. Bilder die zeigen sollten, wie sie die Dinge sah, die sie da gelesen hatte. Wir scannten die Zeichnungen ein und fügten sie an die Stellen des Buches, wo die kleine Leserin sie hinhaben wollte.

… und sieh da, auf einmal sah ich das Buch nicht mehr als eine schwere Lektüre. Ein junges Mädchen hatte mir gezeigt wie man es angehen und verstehen kann. Nur einige wenige assoziative Bilder hatten genügt und das Lesen wurde leicht und zu einem schönen Erlebnis. Mein Geist lebte sich noch einmal durch die ehemals so zähen Seiten, nur diesmal schwebte er angenehm wie eine Feder im warmen Wind eines Sommerabends am Meer dahin und fand endlich was er so lange vergeblich gesucht hatte… Erlösung.

Dies ist die Geschichte eines Kindes, eines höchst erstaunlichen Kindes, das all die Aufgaben des Lebens meisterte. Und so war sein Leben trotz seiner Kürze nicht bedeutungslos. Und so war sein Leben wichtig und wertvoll.

Mit jedem Stückchen Wissen, das es mir gelingt anderen zu vermitteln, leiste ich etwas zum Gedenken an dieses tapfere kleine Kind, denke ich auch an all die vielen anderen Kinder, die viel zu früh gehen müssen, weil wir nicht in der Lage sind ihnen zu helfen. Keines von diesen kleinen Wesen jedoch war unwichtig. Warum steht in diesem Buch.

Unsere Existenz wäre einigermaßen unlogisch, hätten wir nicht eine Aufgabe zu erfüllen. Wir waren bislang wohl nicht besonders gut darin diese Aufgabe als solche zu erkennen, geschweige denn sie zu erfüllen. Wir werden, soviel ist gewiss, aus dieser Welt scheiden ohne wirklich etwas geleistet zu haben – ein jeder von uns. Sollten wir aber nicht wenigstens unseren Kindern bessere Startchancen geben, auf dass sie für sich später eine andere Bilanz ziehen können?"

Auszug aus dem Buch "Sieben Tage oder wie erkläre ich meinem sterbenden Kind die Welt" von T. Bodan
ISBN: 978-3-7534-5302-6

Achter Tag

Mein Kind, dies ist nun der letzte und sicher auch schwerste Teil unseres kleinen "Kurses", bei dem wir versuchen die Welt zu verstehen. Diesmal werden wir die Mathematik nicht mehr außen vor lassen. Nein, diesmal werden wir sie uns zu Nutze machen und wie die wahren großen Wissenschaftler versuchen, mit Formeln und Gleichungen immer hübsch sauber und korrekt zu bleiben. Schließlich wollen wir ja wissen wie die Welt ist und nicht, wie wir sie uns erträumen, nicht wahr?

Ich will mich dabei nicht mit fremden Federn schmücken und gebe gerne zu, dass mir die Schlüssel zum Verständnis der Welt vor vielen Jahren quasi geschenkt worden sind. Es war eine Kiste voll mit Kopien oder Nachdrucken alter Veröffentlichungen, wissenschaftlicher Veröffentlichungen. Obenauf hatte ein Blatt mit einem Beitrag aus den "Annalen der Physik" gelegen. Es war eine der Arbeiten Albert Einsteins zur Gravitationstheorie gewesen dem später der finale Beitrag zur Allgemeinen Relativitätstheorie nachfolgte. Die alte Frau, die wer weiß wie zu der Kiste gekommen war, hatte alles beim Aufräumen ihres Dachbodens entdeckt und sie wusste nichts damit anzufangen. Als sie schließlich die Kiste öffnete und dieses oberste Blatt sah, meinte sie, das müsse was für mich sein, denn immerhin war ich damals ja gerade dabei Physiker zu werden.

Die ganze Einsteintheorie war mir damals allerdings noch zu hoch und sicher ist sie es auch heute noch, beziehungsweise sie wäre es, wenn ich nicht diese Hilfe gehabt hätte, die Hilfe von Samuel und seinem Vater. Denn die beiden hatten auf den Papieren, die in der Kiste waren, wertvolle Hinweise hinterlassen, aber das sollte ich erst viel später herausfinden. Zunächst erst einmal nahm ich die Kiste einfach nur aus Höflichkeit an mich um sie dann doch bei der nächstbesten Gelegenheit zu entsorgen. Ein hübsches Feuerchen erschien mir irgendwie passend. Aus irgendeinem Grunde jedoch schleppte ich die Kiste immer wieder mit mir herum, nahm sie bei jedem meiner zahlreichen Umzüge mit oder ließ sie einfach bei meinen jeweiligen Freundinnen und vergaß immer wieder, dass ich das Zeugs darin doch eigentlich hatte entsorgen wollen. Da ich nicht der Typ bin, der an Vorsehung glaubt, jedenfalls nicht so direkt, habe ich keine rechte Erklärung für die Überlebensfähigkeiten dieser Kiste in meiner Obhut. Die wohl logischste Begründung dürfte sicher mit einer bei mir extrem stark ausgeprägten Eigenschaft zusammenhängen, meiner Faulheit nämlich.

Eines Tages stieß ich jedoch beim Aufräumen meines Server- und Archivraumes erneut auf besagte Kiste. Der Server- und Archivraum ist, wie du ja weißt, mein Kleines, bei uns auf dem Dachboden. Wie es der Name schon sagt, kommt da einfach nur alles hin, was ich aus meinem Arbeitsalltag für "ablegbar" halte und daneben stehen halt noch die zwei Workstations, die ich nur dann besuche, wenn sie mal nicht laufen, oder wenn sie durch neue Supercomputer ersetzt werden müssen, wobei letztes beinahe häufiger vorkommt als ein Ausfall. An diesem Tag aber hatte sich das hiesige Finanzamt angekündigt um zu überprüfen, ob bei uns auch wirklich alle Räume so genutzt werden, wie dies schon seit Jahren in den Steuererklärungen steht. Da ich bei allen anderen Räumen den Überblick hatte, machte ich mir wegen der angekündigten Begehung kaum Sorgen. Lediglich der leidige Server- und Archivraum bereitete mir Kopfzerbrechen. Ich hatte nämlich schlicht keine Ahnung mehr, was dort über die Jahre alles hineindiffundiert war und befürchtete daher, dass zu viel privater Krempel dort gelandet sein könnte. Diese Befürchtung resultierte vor allem daraus, dass ihr, du und deine Geschwister also, dort oben, verbotener Weise, immer wieder gerne gespielt und meist alles liegen gelassen habt. In der Tat stieß ich neben ganzen gesunden Ökosystemen von Dinosauriern auch auf diverse Indianerstämme und Ritterfiguren. Es müssen schöne Geschichten gewesen sein, die sich da auf dem Dachboden abgespielt haben. Schade, dass du nicht mehr mitspielen oder sie uns erzählen kannst. Als ich die wehrhaften Indianer, Saurier und Ritter in eine Tüte gezwungen und die dazugehörige Burg von einem Podest genommen hatte, gewahrte ich, dass das Podest die alte Kiste war, die mich schon seit Jahren verfolgte. Ich erkannte sie sofort und fast regte sich etwas wie ein schlechtes Gewissen. Ich glaube es war das erst Mal, dass ich sie öffnete.

Ich erwartete absolut nichts von dieser vermeintlichen Sammlung alter Papiere. Längst war die Wissenschaft um viele Dekaden vorangeschritten. Was schon sollten mir diese alten Kopien oder Nachdrucke bringen? Hätte ich gewusst, dass mich in der Kiste auch noch beschmierte Zeitungsränder, Rückseiten völlig vergilbter Fotos, mäusezerfressene Schnipsel und Schlimmeres erwarteten, hätte ich sie vermutlich ohne jedwede Besichtigung unmittelbar dem Feuer überantwortet. So aber sah ich erstaunt auf das erste Blatt. Ich glaubte meinen Augen nicht zu trauen als ich dort zwei hingekritzelte Worte las von denen ich sofort wusste, dass sie von einer Tragweite waren, die der Bedeutung der Veröffentlichung, auf der sie standen kaum nachstand. Die Worte waren "Dimension" und "Hilbert" gefolgt von einem Fragezeichen. Für sich genommen bedeutete das gar nichts, aber im Zusammenhang mit der Veröffentlichung machten sie unmittelbar Sinn… im Zusammenhang mit der Veröffentlichung waren sie unmittelbar revolutionär und das war es was mich aus der Fassung brachte. Ich wusste in diesem Moment noch nichts über den Jungen, der diese Worte geschrieben hatte, aber mir war natürlich klar, dass sowohl die Kopie der Veröffentlichung als auch die darauf gekritzelten Worte "uralt" sein mussten. Weil ich das Ganze nicht glauben konnte, blätterte ich in dem Zettelstapel dieser einen Einsteinarbeit weiter und tatsächlich, überall an den Rändern und zum Teil auch zwischen den Zeilen, wurde genau die Idee weiter gesponnen, die ich für absolut unglaublich hielt. Da ich selbst mehrere Jahrzehnte auf der Kiste quasi gesessen hatte, konnte also zumindest in den letzten 30 Jahren keiner diese Einträge gemacht haben. Andererseits, so hatte mir die alte Dame versichert, hätte die Kiste seit sie denken konnte bei ihr auf dem Dachboden gestanden und garantiert hatte sich nie jemand dafür interessiert. Wie also waren diese ultramodernen Ideen in diese alten Kopien gekommen?

Nun mein Kind, du weißt, dass ich die technischen Möglichkeiten habe, das Alter von organischer Materie zu bestimmen. Ich nahm also dieses eine Paper aus der Kiste und ließ eine entsprechende Untersuchung machen. Das erforderte meine ganze Aufmerksamkeit, denn Verunreinigungen hätten eine falsche Datierung zur Folge gehabt. Da alles sonstige Material in der unmittelbaren Umgebung jedoch jüngeren Datums war, hätte eine solche Verunreinigung schlimmstenfalls zu einer Unterschätzung des tatsächlichen Alters der Kritzeleien geführt, keinesfalls aber zu einer Überschätzung.

Nebenbei: Den Besuch von der Steuerbehörde hatte ich derweil total vergessen und es verschlug mir gehörig die Sprache, als plötzlich ein netter junger Herr vor der Tür stand und die "Arbeitsräume inspizieren" wollte. Als mein Gehirn so langsam wieder in der Lage war, diesen Besuch zuzuordnen war ich jedoch noch immer derart von meiner Entdeckung fasziniert, dass ich dem Herrn einfach sagte, er solle sich doch nach Belieben umtun, denn ich wäre "an etwas Wichtigem dran". Das hat ihn sehr interessiert und er wollte wissen, ob er mir "über die Schulter sehen" dürfe. Das war mir vollkommen gleichgültig und so hatte ich für eine gute Stunde einen zweiten Schatten, der mich kaum mehr störte, geschweige denn interessierte als mein erster. Ich muss zugeben, dass dieser zweite Schatten auch beinahe genauso still war wie der erste… vielleicht sogar noch stiller und unauffälliger, denn ich wurde seiner erst wieder gewahr, als er sich für die "interessante Demonstration" bedankte und verabschiedete. Einige Tage später erhielt ich eine offizielle Mitteilung, dass bei uns alles in bester Ordnung sei "und sich 100%ig in Übereinstimmung mit den steuerlichen Erklärungen befand". Ich bekam viel Lob von deiner Mutter dafür, dass ich diesen bürokratischen Akt so toll bewältigt hatte, mit all der Mühe die es macht, dass die Arbeitsräume auch wirklich so aussehen wie Arbeitsräume nun mal aussehen sollten und so weiter. Das Lob hat mir gutgetan und darum habe ich ihr nicht gesagt, dass ich gar nichts hergerichtet hatte, sondern dem lieben Finanzamt einfach nur etwas vorgearbeitet habe. Merke also: Ein Arbeitsraum sieht offenbar am ehesten nach einem solchen aus, wenn man zeigen kann, wie man darin auch wirklich arbeitet!

Irgendwann kam dann der Anruf mit den Ergebnissen der Datierung:

"Ganz sicher älter als 80 Jahre und zwar für beides: Papier und die handschriftlichen Ergänzungen."

Ich hatte mit allem gerechnet, aber nicht mit einer solchen Zahl. Diese bedeutete nämlich, dass die Kritzeleien weit vor einer Zeit gemacht worden sind, da man in der modernen theoretischen Physik über so etwas wie Strings oder fraktale Räume überhaupt nur nachgedacht hatte. Nun war meine Neugier erst richtig geweckt und ich wollte mehr über den- oder diejenigen wissen, welche diese unglaublichen Nachrichten in dieser uralten Box auf meinem Dachboden hinterlassen hatten.

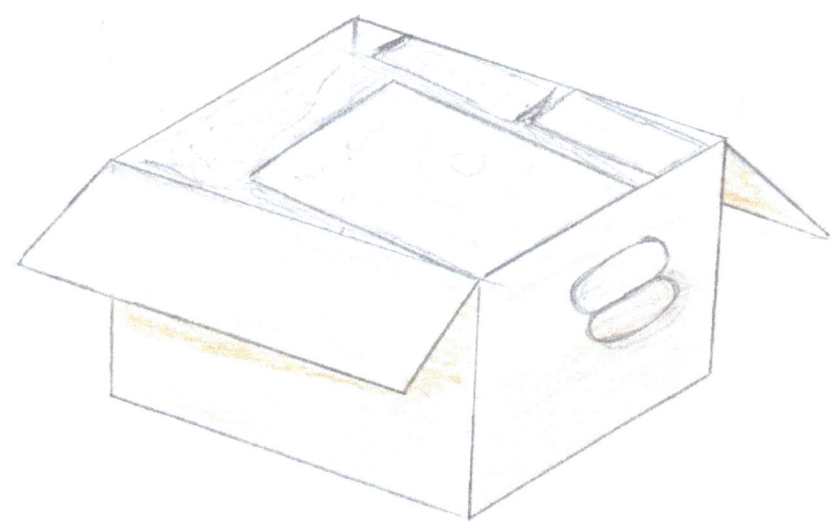

Reichskristallnacht

Es geschah in der Nacht vom 9. zum 10. November im Jahr 1938. Jener Nacht, in der hunderte unschuldiger Juden ermordet, zehntausende misshandelt, enteignet und in Konzentrationslager gesteckt worden waren. Alles unter Polizeischutz und unter den Augen einer mehr oder weniger teilnahmslosen, ja sogar mehrheitlich passiv bis aktiv die Pogrome unterstützenden, deutschen Bevölkerung. In dieser Nacht waren Schmuel, sein Sohn Samuel und die kleine Tochter Judith auf einem Treffen von alten Fachkollegen Schmuels. Man diskutierte über das Einstein-Podolsky-Rosen Paradoxon der Quantenmechanik. Schmuel und Samuel hatten bereits 1934 in einem persönlichen Brief von Einstein über diese Frage erfahren. Einstein hatte ihnen, den "standhaft Daheimgebliebenen", sogar persönlich den Entwurf der Veröffentlichung zugesandt, die dann ein Jahr später erscheinen und als EPR-Paradoxon in die Geschichte eingehen würde. Die drei Autoren, A. Einstein, B. Podolsky und N. Rosen, hatten die damalige Quantenmechanik für unvollständig gehalten, weil sie eine "spukhafte Fernwirkung" zwischen zwei weit entfernten Raumbereichen schneller als mit Lichtgeschwindigkeit theoretisch erlaubte. Heute weiß man, dass es das auch in der realen Wirklichkeit gibt und man nennt es Verschränkung, aber damals war es nur ein Gedankenexperiment von dem die drei Autoren meinten, dass es Unfug sei, wenn eine Theorie so etwas erlauben würde.

Während Judith mit den Kindern des Hausherrn in einem Nebenzimmer spielte, folgten Schmuel und Samuel der Diskussion aufmerksam, äußerten sich aber selbst nicht. Auch als ihr freundlicher Gastgeber sie direkt ansprach hielten sie sich mit ihren eigenen Kenntnissen zurück. Sie hatten deswegen ein mittelmäßig schlechtes Gewissen, immerhin war es gerade für einen Institutsleiter nicht selbstverständlich im Deutschland des Jahres 1938 weiter Kontakt zu Juden zu pflegen, ganz gleich wie eng die Bande vor der Machtergreifung der Nazis waren und unabhängig davon was für hervorragende Wissenschaftler und wunderbare Menschen es waren. Schmuel und Samuel hatten inzwischen ihren eigenen theoretischen Apparat geschaffen und waren interessanter Weise schon vor dem Brief Einsteins auf das Problem aufmerksam geworden. Jedoch nicht als Frage, sondern als Antwort aus einer ihrer Gleichungen hatten sie dies erhalten, als Selbstverständlichkeit sozusagen, den ihr struktureller Plan der Welt fordern würde. Als die Unruhen in dieser Nacht begannen schlug der Gastgeber vor, dass die beiden wohl besser bei ihm die Nacht verbringen würden. Dem Einwand Schmuels, dass er doch "wohl besser bei seiner Frau wäre", begegnete der Gastgeber mit dem energischen Argument: "Die werden sich doch wohl nicht an einer wehrlosen Frau vergreifen, denn das ist

24

absolut undeutsch und selbst für die Nazis zu niederträchtig."

Wie Unrecht er damit hatte erfuhr der Hausherr jedoch schon am nächsten Tag. An dieser fürchterlichen Fehleinschätzung würde er sein Leben lang schwer zu tragen haben.

Doch zunächst wurden für die drei jüdischen Gäste im geräumigen Haus des Gastgebers gemütliche Betten hergerichtet und die Hausherrin zauberte sogar noch ein kleines, aber köstliches Nachtmahl auf den Esstisch. Man speiste doch verhältnismäßig entspannt und sorglos, ehe sich alle Anwesenden in die Nacht empfahlen.

Des Nachts erwachte Samuel, der auf dem Sofa im Wohnzimmer schlief, von einem zaghaften Klopfen an der Haustür. Nach einer Weile öffnete der Hausherr und die sehr aufgeregte, aber nur leise und ängstlich geflüsterte Diskussion, die Samuel nun hörte, ließ ihm das Blut in den Adern gerinnen. Der Hausherr und sein Informant wurden sich schnell einig, dass man den drei Gästen jetzt nichts sagen dürfe, denn sonst würde das Unheil noch viel schlimmer.

Samuels Herz schlug wild als er sich, nachdem der Gastgeber wieder zu Bett gegangen war, leise anzog und aus dem Haus schlich. Er hatte einen der Hausschlüssel vom Haken neben der Eingangstür genommen und sich in die Jacke gesteckt um später, ohne die drinnen Schlafenden wecken zu müssen, wieder eintreten zu können.

Als er einige Stunden später zurück kam um sich unbemerkt ins Haus und in sein Bett zu schleichen war er vollständig verändert. Es war wie die Verwandlung über Nacht von einem ahnungslosen Jungen in einen kampferprobten Krieger, eine brachiale Metamorphose in nicht einmal drei Stunden.

Eine tapfere Jüdin

Es klopfte nur ein einziges Mal. Sarah, trotz der zwei Kinder und ihrer nicht mehr ganz jungen Jahre immer noch hübsch und sportlich, hatte nicht einmal Zeit gehabt sich den Morgenmantel überzuwerfen, als auch schon die Tür mit einem schweren Hammer und einer Axt eingeschlagen wurde. Die hereinstürmenden und wild umherschreienden, in zivil gekleideten SA-Männer waren nichts als wilde ungehobelte Bestien, das Dümmste und Widerwärtigste, was das deutsche Volk zu bieten hatte. Sofort machten sie sich über Sarah her, während nachdrängende SA-Schergen alles zerschlugen, was ihnen vor die Nase kam und was nicht als Wertsachen in die mitgebrachten Säcke passte. Als sich das Vierte der Monster auf Sarah warf, bekam diese einen hölzernen Gegenstand zu fassen. Es war ein Stuhlbein eines der zertrümmerten Möbel. Sie schlug es dem Vergewaltiger auf den Kopf und der sackte sofort zusammen.

"Eh, die Judenschlampe wehrt sich!" rief einer der anderen und sofort kamen sie und prügelten wie besessen auf die arme Frau ein. Bei all ihrer Raserei schlugen sie Sarah jedoch nie auf den Kopf oder zerrissen ihr lebenswichtige innere Organe. Stattdessen zerschlugen sie ihr systematisch Becken, die Beine, Arme und Schultern. Dann banden sie dem geschundenen Körper einen Strick um die Brust und hängten Sarah draußen vor der Eingangstür an einem Torriegel auf. Dabei johlten und grölten sie und sangen ihre dumpfen Kampflieder.

"Wer dieser Schlampe hilft, wird niedergemacht!" brüllten sie und tatsächlich wagte sich keiner der Umstehenden einzuschreiten. Selbst die Polizei sah nur zu und gaffte begierig, ebenso wie die anderen widerwärtigen Schaulustigen auf den fast nackten, geschundenen und schrecklich stöhnenden Körper. Plötzlich knallte ein Schuss durch die Nacht und Sarahs Kopf wurde zur Seite gerissen. Sie war sofort tot. Der Knall war noch nicht verhallt, da schoss es wieder und wieder und einer nach dem anderen sackten die SA-Monster vor dem Haus zusammen. Es geschah so schnell, dass die erschrockenen Opfer noch nach dem fünften Getroffenen keinerlei Reaktionen zeigten. Selbst wenn sie hätten reagieren können, es war aufgrund des wieder und wieder hallenden Echos einfach unmöglich die Schussrichtung auszumachen. Hier war ein eiskalter Meisterschütze am Werk. Schließlich fielen noch die zwei Polizisten und einige der widerwärtigen Gaffer, ehe endlich Panik ausbrach. Gleichzeitig mit dem Einsetzen dieser endete aber auch der Beschuss und alles war nur panisches Rennen, Schreien und irgendwie davon Stürzen.

Die deutsche Polizei würde später die mutmaßliche Tatwaffe als Karabiner aus SA-Beständen identifizieren und neben der Leiche eines höheren SA-Offiziers finden.

Diesem klaffte ein gewaltiges Loch in der mittleren Schädeldecke. Das Merkwürdige an der Sache war, dass SA-Höhere gar keine Karabiner als Waffen führten. Die Angelegenheit war so rätselhaft, dass schnellstmöglich der Deckel des Schweigens über die Sache ausgebreitet wurde und im Hinblick auf die toten "Volksgenossen" noch die verrücktesten Todesursachen und Erklärungen herhalten mussten um den wahren Vorgang nicht erwähnen zu müssen. Versehentlich gelangte auf diese Weise auch eine Sarah Stamler als "Opfer eines unaufgeklärten Gewaltverbrechens" in die Polizeiakten der Stadt sowie in eine geheime Akte der Gestapo über ein "mutmaßlich internes Parteiproblem".

Die zwei Brüder und die Einstein-Hilbert-Wirkung

Schmuel hatte es anfangs sehr schwer über das Ende seiner Frau hinweg zu kommen und so stürzte er sich in die einzige Ablenkung die er fand: Die Erklärung der Welt. Samuel hatte Verständnis für den Kummer seines Vaters und auch für den Weg, den er ging um seinen Kummer zu überwinden. Er hätte selbst auch gern mehr Zeit mit dieser Arbeit verbracht, aber an ihm war es nun, die Familie durchzubringen. Es waren zwar nur noch der Vater, er und die kleine Schwester Judith, die er immer zärtlich "sein Julchen" nannte, aber selbst diese Aufgabe gestaltete sich im Ghetto unter dem fortwährenden Terror des NS-Regimes und den grausamen Blicken der SS sowie auch der "normalen Deutschen" schier unmöglich. Das Regime hatte verfügt, dass einem Juden im Reich gerade mal 200 Kalorien am Tag zur Verfügung stünden. Das ist, wenn man bedenkt, dass selbst ein auf strenge Diät gesetzter Kranker mindestens 1000 Kalorien erhalten sollte, nicht mehr und nicht weniger als das Urteil zu einem grausamen Hungertod. Doch Samuel schaffte es die kleine Schar zu ernähren. Mit Findigkeit und unbändigem Willen vollbrachte er täglich neu das Unmögliche und bekam zumindest die kleine Schwester beinahe immer satt. Er und der Vater indes schnürten für sich die Gürtel im wahrsten Sinne des Wortes sehr eng und trotz aller Risiken, die Samuel einging, um für sich und die Seinen Essen herbei zu schaffen, genügte es nie, dass wirklich alle jemals genug zu essen hatten.

Auf seinen gefährlichen Streifzügen sah Samuel Schlimmeres und Grausameres, als er es sich je hätte vorstellen können und ein um das andere Mal verlor er fast den Mut und hätte sich am liebsten einfach gehen lassen. Eines Tages zum Beispiel, als er wieder einmal von einem einträglichen Tauschgeschäft von außerhalb des Ghettos zurückgekommen war, da bettelte ihn ein kleiner Junge an. Er saß gleich neben dem Bretterstapel, hinter dem die Mauer des Ghettos eine Öffnung besaß und durch welche Samuel in die Außenwelt entwischte. Das Kind wusste offenbar, dass hier immer wieder "Springer" zu Tauschgeschäften, meist Wertsachen gegen Nahrung, das Ghetto verließen um nicht an den Todesrationen des SS-Diktats zu verhungern. Neben dem Kleinen saß noch ein Junge, noch kleiner, noch dünner, fast schon ein Gerippe. Beide hockten sie in einem Haufen Lumpen und wirkten zu lethargisch um sich zu bewegen. Als der Größere der beiden Samuel erblickte, kam eine lange dürre Hand unter den Lumpen hervor und reckte sich mühsam Samuel entgegen. Der Junge hob jedoch nicht einmal den Kopf. Es war als wüsste er, dass er und sein kleiner Bruder nichts bekommen würden. Es war die kindgewordene Hoffnungslosigkeit. Jedoch der kleine Bruder, obwohl körperlich schwächer und nichts weiter als Haut und Knochen und ein Paar riesiger Augen, der sah ihn an. Er sah Samuel an mit Augen, die die Welt anstarrten, als sei sie etwas schier unbegreiflich Schönes und Böses zugleich, etwas das dem Jungen zu erkunden nie möglich würde, aber das er trotzdem noch nicht bereit war, einfach so aufzugeben und für sich und seinen Bruder als unerreichbar abzuschreiben.

Samuel stockte kurz. Er fühlte den Laib Brot unter seiner dünnen Jacke und dachte an seine Mutter. Die wäre lieber gestorben, als an diesen armen Kindern vorüber zu gehen ohne ihnen etwas abzugeben. Dann schluckte Samuel. Sein Inneres verhärtete sich wieder und er dachte: "Genau darum ist sie auch gestorben!"

Dann zwang er das Gesicht seiner Schwester in sein Bewusstsein und wandte sich von den zwei armseligen Gestalten auf dem Boden vor ihm ab. Eine dürre Hand glitt langsam zurück unter die Lumpen, aber ein Paar viel zu großer Augen wollten es nicht wahrhaben. Und noch während sich Samuel zum Gehen drehte, öffnete sich der Mund mit Lippen, die dünn wie Papier waren und ein merkwürdiger rauer Laut drang an Samuels Ohren.

Samuel ging schneller, doch der Junge rief erneut. Wieder und wieder kam der Laut und Samuel war schon fast dabei in den Laufschritt zu wechseln, als er hinter sich den unverkennbaren Schrei eines SS-Mannes hörte:

"Halt die Fresse, du Judenbalg!" brüllte es durch die Gasse und Samuel schlug das Herz bis zum Hals. 'Sei doch ruhig!', dachte er bei sich und schritt weiter, doch wieder und wieder rief der kleine Junge und mit jedem Ruf wurde seine Stimme weniger rau, wurde sie mehr und mehr wie das Klingen einer sehr hellen und sehr reinen, kleinen Glocke.

"Du sollst die Fresse halten, verdammt!" brüllte erneut der SS-Mann und Samuel konnte nicht anders, er musste sich umdrehen und sehen, was da hinter ihm passierte.

Es waren zwei SS-Leute. Groß und furchteinflößend in ihren Uniformen und mit ihren Maschinenpistolen.

"Man, guck mal, was für ein Geripppe das ist!" hörte man nun die Stimme des Zweiten, "einfach ekelhaft, dieses Pack."

"Was schreist du hier rum, hä?" Der Größere der beiden Männer packt den Jungen und zerrte ihn mühelos aus dem Haufen Lumpen. Es war nicht mehr viel Gewicht, was da gehoben werden musste.

"Ist das etwa eure Scheiß Judensprache?" Die Stimme vibrierte in der teuflischsten Bedrohlichkeit, die Samuel je gehört hatte. Er wusste, er musste jetzt schnellstens hier weg, aber er konnte einfach nicht. Er konnte den Blick nicht abwenden.

Als gäbe es kein Morgen und keine Gefahr, rief der Junge wieder diesen merkwürdigen Laut.

"Na warte!" brüllte der große SS-Mann, griff nach den dürren Beinchen des Jungen und schleuderte den Körper mit einem kräftigen Schwung durch die Luft. Mit einem dumpfen Schlag hörte man den Schädel an der Wand zerbersten.

"Bäh, was für ein Dreck!" sagte der andere SS-Mann eher leise. "Hau das bloß weg!"

Der Angesprochene griente und warf den kopflosen Kadaver direkt in den Schoß des großen Bruders.

"Hier, jetzt hast du was zu fressen, du Judenbengel!" und lachend zogen die beiden davon.

Samuel hörte kein Weinen, kein Schluchzen, nichts. Da war nichts als endlose resignierende Stille. Langsam wandte er sich um und ging nach Hause.

"Ich muss stark sein, stärker als Mutter es war!" sagte er immer wieder zu sich selbst während er lief.

Erst zu Hause war Samuel in der Lage den Laut in sein Gehirn zu lassen. Den Laut, den der kleine Junge ihm wieder und wieder hinterhergerufen hatte. Wortlos hatte Samuel den Laib Brot auf den Tisch gelegt und sich in die

Ecke neben den Herd gesetzt. Nun klangen die Worte wieder deutlich in seinem Kopf und es verkrampfte ihm das Herz, als er sie endlich aufnahm. Es war:

"Hevenu shalom aleichem!"

Der Junge hatte ihm einfach nur Frieden gewünscht, ihm, Samuel, dem er um der Seinen willen nichts hatte abgeben wollen, nichts hatte abgeben können. Nur den Friedensgruß hatte er ihm nachgerufen... und war dafür gestorben.

Sein Vater sah sofort, dass etwas nicht stimmte. Er sah von ein paar zerknüllten Papieren auf, legte den Bleistiftstumpf beiseite, stand auf und ging ohne ein Wort zu sagen auf Samuel zu. Er nahm ihn in die noch immer erstaunlich kräftigen Arme und wiegte ihn.

Da brach es aus Samuel heraus. Schluchzend berichtete er was er erlebt hatte und sein Vater wiegte ihn wie ein kleines Kind. Die kleine Schwester kam in den Raum, aber der Vater nickte ihr nur zu und so ging sie wieder auf den Flur. Sie hatten ja jetzt Platz, seit sie immer weniger und weniger im Ghetto geworden waren.

Als Samuel sich etwas beruhigt hatte, streichelte der Vater ihm den Kopf und sagte:

"Komm, lass uns nachsehen, ob wir noch helfen können." Damit stand er auf, warf sich die Jacke über die Schultern, den Judenstern gut sichtbar über der Brust, und schritt zur Tür. Samuel verstand nicht, aber willig folgte er seinem Vater in das Treppenhaus und hinaus auf die Straße.

Es war bereits Sperrstunde und damit lebensgefährlich jetzt nach draußen zu gehen, aber Samuels Vater verströmte eine schier unglaubliche Zuversicht und Selbstsicherheit. So schritt Samuel neben ihm her und konnte nicht anders als sich wieder zu beruhigen.

Als sie die Stelle erreicht hatten, lag die Leiche des kleinen Jungen noch immer über dem Schoß des Größeren. Schmuel fasste behutsam und ohne ein Wort zu sagen die Schultern des Großen, da klappte dessen Oberkörper nach vorn und fiel über die Leiche seines kleinen Bruders. Auch er war nun tot. Der Vater richtete den Oberkörper wieder auf und lehnte ihn nach hinten gegen die Mauer. Der Kopf fiel leicht auf die Seite der rechten Schulter und Mondlicht schien auf das hungertote Gesicht des Jungen. Resignation und Trauer, unendliche Trauer spiegelten sich darin. Schmuel ließ den kleinen Körper los, richtete sich auf und nahm erneut seinen Sohn in den Arm. Er spürte wie dieser am ganzen Leib zitterte und bebte. Sanft sprach er:

"Wir werden die beiden beerdigen und ehren, als seien es unsere Kinder und Brüder gewesen!"

Dann beugte er sich vor, wickelte beide Körper in einen Teil der umherliegenden Lumpen, in welchen die Jungen gesessen hatten und hob sich den Älteren der beiden auf die rechte Schulter. Samuel griff ohne zu zögern nach dem zweiten Körper. Sie schritten langsam, als wären sie in einem Trauermarsch.

"Halt!" brüllte es plötzlich vor ihnen.

Im Mondlicht erahnte man die Silhouette einer SS-Uniform.

"Es ist Ausgangssperre, ihr verdammtes Judenpack!" schrie eine zweite Stimme. Samuel erkannte diese Stimme sofort. Der Mann stand noch im Schatten des Gebäudes und war ziemlich weit entfernt, aber Samuel würde diese Stimme erkennen, selbst wenn seine akustischen Sinne schon längst nichts mehr wahrnehmen würden. Er war sich sicher, dass sie nun sterben würden, sterben wie die kleinen Jungen, deren Leichname sie durch die Straßen trugen, erschossen oder erschlagen von zwei Wesen, die direkt aus der Hölle kommen mussten und die doch dieselbe Sprache ihre Muttersprache nannten, wie er und sein Vater. Samuel wurde sich bewusst, dass er jetzt sogar gerne gestorben wäre. Dann hätte er diese fürchterlichen Bilder nicht mehr sehen, diese schrecklichen Geräusche nicht mehr hören müssen, die seinen Kopf und sein Herz anfüllten. Es tat ihm nur leid um seine kleine Schwester, die ohne ihn und ohne seinen Vater würde verhungern müssen. Sie würde verhungern oder erschlagen werden, wie die kleinen Jungen, deren viel zu leichte Körper er und sein Vater durch das Ghetto trugen. Auch die wunderbare Arbeit, die er und sein Vater begonnen hatten, würde nicht mehr vollendet werden können. Samuels Blick fiel auf die starke Schulter seines Vaters, der leicht vor ihm schritt und er wunderte sich, dass dieser einfach weiter ging und einfach nur beruhigend die linke Hand erhob.

"Hauptscharführer!" rief er mit sicherer Stimme, wohl wissend, dass dieser hohe Rang mindestens fünf Dienstgrade über denen der beiden SS-Männer war.

"Bitte erschießen Sie uns erst, wenn wir den Auftrag der SS-Verwaltung ausgeführt haben!"

Auch wenn der Text es hergegeben hätte, es klang kein bisschen wie Ironie.

"Welchen Auftrag?" fragte die Stimme des SS-Mannes aus dem Schatten und man konnte hören, dass in ihr umgehend Unsicherheit mitschwang. Diese Wesen kannten nichts als Grausamkeit und Gehorsam. Ein einziger ungewöhnlicher Aspekt und sie wussten sich nicht mehr zu helfen. Also half Schmuel ihnen.

"Im Interesse der Gesunderhaltung der Volksgemeinschaft sind alle Quellen potentieller Unreinheit oder Krankheit sofort zu beseitigen, Herr Hauptscharführer. Wir entsorgen daher diese Leichen, denn bei den Temperaturen… nun, Sie wissen natürlich, Herr Hauptscharführer."

Nichts wussten diese Wesen, woher denn auch. Leichen stanken nach einer Weile und wenn es warm war dann stanken sie verdammt schnell, klar, das hatten sie schon gemerkt. Aber die "Volksgemeinschaft" und deren "unbedingte Gesunderhaltung", diese Begriffe waren selbst ihnen nur zu gut vertraut.

"Guck mal einer an, Juden die arbeiten können!" sagte der SS-Mann im Licht und lachend fügte er hinzu:

"Na dann im Sinne der Volksgesundheit: WEITERMACHEN!"

Wobei er das letzte Wort durch die Nacht brüllte und knallend salutierte er im zackigen Hitlergruß, als Schmuel und Samuel an ihm vorbeischritten. Auch der andere SS-Mann brüllte:

"Jawoll, für die Volksgesundheit!" und auch er salutierte und knallte die Hacken.

Er war inzwischen teilweise aus dem Schatten herausgetreten und Samuel konnte sein Gesicht sehen. Es war das wohl mit Abstand dämlichste Gesicht, das er je gesehen hatte und er konnte sich nicht helfen, aber er hatte plötzlich das Gefühl, unendlich glücklich darüber sein zu müssen, dass er der war, der er war und nicht etwa so ein Wesen, wie es dieser SS-Mann geworden war. Um nichts auf der Welt hätte er mit diesem Geschöpf tauschen wollen.

Auf dem Weg zu ihrem Haus lag ein kleines Stück Wiese, auf dem einmal ein Spielplatz gewesen war. Hierhin brachten sie die beiden Leichen. Samuel rannte schnell und holte zwei Spaten aus dem Keller ihres Hauses und dann begannen sie zu graben. Als die beiden Kinder nebeneinander in der Grube lagen, sangen sie gemeinsam die Klagelieder des Jeremias. Sie sangen leise, ganz leise, fast summten sie nur, denn sie wussten, dass sie dafür sofort erschossen würden, würde sie hier eine der SS-Wachen oder einer der von ihnen eingesetzten Schergen bei ihrer Trauer entdecken. Dann verschlossen sie das Grab und gingen wortlos nach Hause.

Sie fanden Judith auf der kleinen Bank neben dem Herd in tiefem Schlaf und der Vater sagte zu seinem Sohn: "Du hast recht daran getan, das Brot für deine kleine Schwester zu bewahren, mein Sohn, und doch haben wir auch recht daran getan, heute unser beider Leben und damit auch das Leben unserer kleinen Judith zu gefährden, um unseren toten Söhnen und Brüdern Ehre zu erweisen. Darin liegt eine tiefe Weisheit, es ist die Weisheit unseres Glaubens und der Grund, warum wir auserwählt sind, warum unser Volk auserwählt wurde, warum es geprüft und gekrönt wird über allen anderen Völkern. Vergiss das nie, mein Sohn!"

"Ja Vater!", antwortete Samuel andächtig und wieder voller Zuversicht.

"Lass uns am Morgen gemeinsam mit Judith das Brot brechen und noch einmal der kleinen Jungen gedenken! Jetzt aber möchte ich dir etwas zeigen."

Er zog seinen Sohn an den Tisch in der Mitte des kleinen Raumes, hieß ihn niedersetzen und setzte sich selbst auch. Beim matten Licht einer Kerze zeigte er ihm, was er gefunden hatte.

"Der gute Herr Hilbert hat es sich nämlich ein kleines bisschen zu einfach gemacht, siehst du?!" begann er und im Handumdrehen waren Vater und Sohn in ein Reich entschwunden, in das ihnen kein SS-Scherge und kein Hitlerregime mit all seinen Möglichkeiten und all seiner effizienten Grausamkeit je würde folgen können.

Die beiden saßen vor der Arbeit des Göttinger Mathematikers David Hilbert, der im Jahre 1915 gezeigt hatte, dass man die berühmten Einsteinschen Feldgleichungen der Gravitation aus einem simplen Variationsprinzip ableiten kann. Dabei tut man so, als rüttele und schüttele man an einem mathematischen System und zwingt es so in sein Minimum zu fallen. Gerade wie eine Kugel, die sich auf einer Fläche mit Bergen und Tälern stets den tiefsten Punkt suchen wird, wenn man nur gut und lange genug schütteln würde. Er, Hilbert also, hatte dabei die Feldgleichungen aber nicht selbst angegeben, sondern endete da, wo man, typisch für einen Mathematiker, "leicht sah", dass das Ergebnis nicht mehr weit ist.

Schmuel zeigte seinem Sohn eine Stelle in der Herleitung Hilberts, wo dieser einen Term mit dem Argument verworfen hatte, dass es ein Oberflächenterm sei, der nach den Regeln der Variation zu Null würde.

"Ich glaube", so fuhr Schmuel mit dem Zeigefinger auf den Term deutend fort, "hier ist der Ausdruck, der in Wirklichkeit die Materie in die Allgemeine Relativitätstheorie bringt, also genau das, was sie, Einstein und Hilbert gleichermaßen, später künstlich mit dem Energie-Impuls-Tensor wieder einfügen mussten."

"Was?", entfuhr es Samuel ungläubig, "du meinst also, die haben einen Term verworfen und dann später gemerkt, dass er ihnen fehlt, aber vergessen, dass er schon mal da war?"

Schmuel lachte.

"Nein", antwortete er, "ganz so einfach ist es nicht, leider. Nach den Regeln ihrer Variationsrechnung war es richtig, den Term zu Null zu machen und zu streichen, aber die Natur, das Universum also, hält sich nicht an diese simple Regel. Es findet einen Weg drum herum und dann verschwindet der Term eben nicht, sondern, so mein Verdacht, ist die Ursache für Masse und alle Art von Materie im Universum."

"Du hast also eine neue Art von Variationsrechnung erfunden?" fragte Samuel ungläubig und wieder lachte sein Vater.

"Nicht ich habe was erfunden! Nein, das Universum funktioniert einfach so. Das Universum nutzt mehr Freiheitsgrade als Hilbert und Einstein dachten und damit wird die Variation umfangreicher, allumfassender."

"Wie? Was ist der zusätzliche Freiheitsgrad, den Hilbert nicht nutzte?"

"Es ist die Dimension des Raumes und der Zeit selbst."

Samuel brauchte eine Weile, um die Antwort seines Vaters zu verdauen. Dann fragte er in einem Ton, der gleichzeitig Unglauben und beginnendes Verstehen ausdrückte:

"Das Universum variiert mehr, als Hilbert und Einstein annahmen? Somit findet es ein anderes, globaleres Minimum und landet am Ende in einem ganz anderen Zustand, als wir dachten?"

"Hmm, so könnte man meinen", antwortete Schmuel seinem Sohn, "aber mit dem nachträglich eingeführten

Energie-Impuls-Tensor haben die beiden den fehlenden Term, beziehungsweise den fehlenden Freiheitsgrad, wieder ganz gut ausgeglichen. Nur leider entsteht so die Materie bei Hilbert und Einstein nicht automatisch, sondern sie müssen sie künstlich in ihr Universum hinzufügen."

"Und wenn man den Oberflächenterm nicht verwirft und die Variation anders macht, dann zeigt sich die Materie in den Feldgleichungen von allein?"

"Nun, ich denke, dass es so ist, aber genau daran müssen wir noch arbeiten", antwortete Schmuel. Und dann zeigte er seinem Sohn was er bisher gerechnet hatte und voller Elan, den bohrenden Hunger, Müdigkeit und Elend vergessend, machten sich beide ans Werk um die fehlenden Puzzlestücken zusammenzutragen.

Die kleine Schwester Judith

Vater und Sohn saßen noch immer über die Papiere gebeugt und diskutierten erregt über die neue Welt, die sich vor ihnen auftat, als sich plötzlich eine kleine Hand auf den Unterarm von Schmuel schob und ein schüchternes Stimmchen flüsterte:

"Papa, ich habe ein wenig Hunger. Gibt es heute etwas?"

Schmuel und Samuel drehten sich überrascht zu dem kleinen Mädchen um und beide fragten sich, wie lange sie da wohl schon stünde. Es war, als würde die Sonne an diesem Morgen ein weiteres Mal aufgehen, so strahlten die Gesichter von Vater und Sohn, als sie beide auf das Mädchen herabsahen. Sie war sehr hübsch, trotz der von den Entbehrungen mageren Gesichtszüge. Sie hatte die hellen Haare ihrer Mutter geerbt und wäre mitsamt ihrer blauen Augen eigentlich die perfekte Arierin gewesen, hätten die Nürnberger Rassengesetze sie nicht eindeutig zur Jüdin gemacht.

"… es ist wirklich nur ein kleines bisschen Hunger…" wiederholte sie beinahe schuldvoll ihre Frage.

Unmittelbar kam nun Leben in die zwei Männer. Der Vater schob den großen Laib Brot mit einem breiten Lächeln vor die Augen des Mädchens und sagte:

"Hier, meine Schöne!"

Judiths Augen weiteten sich vor Freude. Doch dann fiel ihr Blick auf das, was ihr großer Bruder aus seiner

Jackentasche beförderte und sie schlug jauchzend die zarten Hände vors Gesicht.

"Mein Junge!", rief der Vater erstaunt aus, "Käse und Wurst, wie hast du das denn nur wieder gemacht?"

"Tja," antwortete der so Gelobte mit gespielt verschlagener Stimme, "der gemeine Jude ist halt gut im Handeln."

Vater und Tochter lachten. Doch wie staunten sie erst, als Samuel in die andere Tasche griff und ein kleines Glas Honig hervorzauberte.

Als sie die Köstlichkeiten auf dem Tisch ausgebreitet hatten und Schmuel den Tee aus Brennnesselblättern aufgegossen hatte, wurde er ernst und nachdenklich.

"Ich möchte", so sprach er zu seinen Kindern, "dass wir das Essen koscher genießen, selbst wenn bestimmt die Wurst alles andere als koscher ist." Er zwinkerte Samuel zu.

"Lasst uns an die anderen Juden denken, wenn wir essen. An die, denen es heute nicht so gut geht wie uns. Vor allem wollen wir an die Kinder denken, die von den Nazis in den Hungertod getrieben werden und denen wir letztlich nicht helfen können, **ganz gleich, wie sehr wir das gerne wollen.**" Die letzten Worte sprach er so betont und langsam, dass die Tochter ihn erstaunt anblickte, aber Samuel verstand, dass diese Worte für ihn waren und er spürte, wie sie ihm guttaten. Dann sprach der Vater das Dankgebet und segnete seine Kinder und das Mahl, welches ihnen sein großer, tüchtiger Sohn so gescheit erstritten hatte.

Kleine Stunden der Gelehrsamkeit

So unglaublich es auch schien, Samuel schaffte es sehr lange, die kleine Familie recht gut am Leben zu erhalten. Durch geschickte Tauschgeschäfte mit den im Laufe des Krieges immer zahlreicher werdenden Mangelwaren, an die er über jeweils mehrere Handelsschritte gelangte, konnte er sich eine Schlüsselstellung auf dem zergliederten Schwarzmarkt erarbeiten und sogar so etwas wie ein kleines Auskommen sichern. Das kleine Loch in der Mauer, neben welchem die beiden jüdischen Brüder zuvor gestorben waren und welches ihn immer wieder schmerzlich an diesen Tag erinnerte, diente ihm häufig als Durchgang zwischen den beiden Welten.

Es hätte für ihn sogar die Möglichkeit gegeben, irgendwie aus dem Land und in Sicherheit zu kommen, aber niemals hätte er seinen Vater oder seine kleine Schwester zurückgelassen und so blieb er und handelte und versorgte so die Seinen, so gut er eben konnte. Einige Male schon hatten ihn seine Handelspartner, wenn man die Schwarzmarkthändler so nennen wollte, vor bevorstehenden Razzien und sogenannten Evakuierungen gewarnt und so hatten sie sich verstecken können, bis der Sturm vorüber war. Passende neue Papiere zu erhalten war dann für ihn meist kein Problem, aber hier war auch stets die Grenze der geschäftsmäßigen "Hilfsbereitschaft". Samuel wusste instinktiv, dass es keinen Sinn hatte, nach mehr zu fragen, nach einem Versteck für sie alle drei zum Beispiel. Also fragte er auch nie, sondern blieb stets ganz Geschäftsmann.

Bald liefen seine kleinen Geschäfte so erfolgreich, dass er wieder Zeit fand, mit dem Vater an ihrem "Welträtsel" zu arbeiten, was ihm unglaubliche Freude machte und worin er auch wahrhaftig ein Meister war. Gerade was besonders schwierige und aufwendige mathematische Ableitungen anbetraf, so überließ der Vater ihm gerne diese Aufgaben, zumal Samuel hier schlicht keine Fehler machte. Sein schier unglaubliches Gehirn erlaubte es ihm Gleichungen zu überblicken, die über ganze Zeitungsseiten lang waren, was sehr wichtig war, denn sie benutzten alte Zeitungen, um ihre Rechnungen niederzuschreiben.

Der Vater setzte sich dann häufig mit der Tochter in irgendeine Ecke und erteilte ihr Unterricht. Sie war ein einzigartig gelehriges Kind. Wenn Samuel in einer Rechnung einmal nicht weiterkam, so sah er immer gerne zu den beiden herüber und staunte über die wachen blauen Augen, die staunend an den Lippen des Vaters hingen und so voller Dankbarkeit waren, dass Samuel immer der Vergleich mit einem Engel einfiel sooft er sie beobachtete. Nicht selten hatte er dann, wie aus heiterem Himmel, einen Einfall, wie er in seiner Rechnung weiterkommen konnte und gerade das ließ ihm die kleine Schwester noch engelsgleicher werden. Er hätte alles für sie gegeben und doch wusste er, dass er sie nicht würde retten können. Er hoffte nur, sie würde nicht so schrecklich sterben wie die beiden Jungen an der Mauer oder die Mutter. Keinen von den Seinen würde er retten können, nur sich selbst vielleicht, aber das wollte er nicht. Eines Tages hatte er für extrem kleines Geld einen ganzen Sack Bücher erstanden und eigentlich vorgehabt, sie gewinnbringend umzusetzen, doch als er sah, dass es sich um Abenteuer- und Tierbücher handelte, hatte er sie der Schwester gegeben, weil er wusste, wie verrückt sie danach war. Gerade die Afrikaberichte von Alfred Brehm hatten es ihr angetan und war sie erst einmal in einer seiner Geschichten über den für sie so fremdartigen und gleichzeitig so wunderbaren Kontinent eingetaucht, so vergaß sie die triste Welt um sich herum und ein entrücktes Lächeln lag auf ihrem schönen Gesicht. Nun jedoch war Unterrichtszeit und die Brehmbücher lagen in ihrer Ecke, während die kleine Leseratte bei ihrem Vater saß und wie gebannt an dessen Lippen hing. Und so lauschte Samuel dem Vater, der der kleinen Schwester gerade die eigene Erklärung für die Ursache des merkwürdigen Verhaltens von Dingen im Kleinen, der Quantenmechanik also, vermittelte:

"… so ist es meine Schöne, es gibt keinen Grund, warum es die Kosmen nicht auch auf ganz anderen Skalen geben könnte, ja sogar sollte. Dein schlauer Bruder hat gerade ausgerechnet, dass man gut und gerne einen Friedmann-Kosmos in nur zwei Raumdimensionen aufbauen kann und dass der, wie das halt bei Friedmann-Kosmen so üblich ist, genau dann eine konstante Krümmung hat, also überall gleich ist, wenn man ihn als Kugelfläche aufbaut."

"Vergiss nicht, dass auch ein Hyperboloid oder eine Ebene möglich wären!" warf Samuel ungefragt ein.

Der Vater lächelte und zeichnete seiner Tochter die verschiedenen geometrischen Lösungen mit den Händen schwungvoll in die Luft.

"Dein Bruder hat ganz recht", gab er zu, "aber mir gefällt die Kugel am besten, denn damit kann ich ganz wunderbar unser gesamtes Universum aufbauen."

"Wie denn das, Papa?" fragte Judith gespannt und verwundert zugleich.

"Na stell dir doch einfach vor, dass der gesamte Raum voller solcher kleiner Friedmann-Kosmen ist und dass die so klein sind, dass wir das normalerweise nicht merken…"

"Wie klein denn, Papa?"

"Na etwa zehn hoch minus 35 Meter, also im Bereich der Plancklänge."

"Planck kenne ich, der hat doch die Quantenmechanik erfunden, nicht wahr?"

Samuel lachte von seinem Zuschauerplatz aus und bestätigte: "Ja, der Planck hat die Quantenmechanik **erfunden** und seitdem er diese tolle Idee mit den Quanten hatte, haben wir Atome und Elektronen auf stabilen Bahnen und vor allem ist erst seither klar, dass es sowas wie uns überhaupt erst geben darf."

"Ach hör doch auf!" protestierte die kleine Schwester, "du weißt doch ganz genau, was ich mit dem 'erfunden' meinte." Doch auch sie musste schließlich lachen.

"Und wer war dann dieser Friedmann?" fragte sie schließlich und nicht zuletzt, um von ihrem kleinen Missgeschick abzulenken.

"Das war ein russischer Wissenschaftler, der mit als einer der ersten, wenn nicht gar als DER Erste, die Einsteingleichungen auf die ganze Welt anwandte und dabei auch zuließ, dass diese Welt sich womöglich dynamisch verhält, also, mit anderen Worten, sich bewegt und verändert. Einstein war davon nicht so begeistert, dachte aber um, als Hubble die Expansion unseres Universums entdeckte."

"Und ihr beiden meint, dass der Friedmann-Kosmos auch ganz winzig klein sein kann und dass es davon viele gibt und dass die gerade die Krümel sind, aus denen am Ende unser Universum aufgebaut ist, ja?"

"Ja, so kann man es ausdrücken und so gefällt es mir ehrlich gesagt beinahe auch am besten. Wichtig ist bei dieser Idee nur, dass diese klitzekleinen Friedmann-Kosmen automatisch Eigenschaften in den Raum bringen, die man beobachten kann und für die man sonst keine sinnvolle Erklärung hätte."

"Und welche Eigenschaften sind das?" fragte die kleine Tochter fast schon keck.

"Na die ganze Quantenmechanik, du Dummerchen!" warf Samuel scherzhaft ein.

"Na warte!" drohte Judith, sprang auf und boxte eine kleine, sehr dürre Faust in die Seite ihres Bruders. "Und wie soll das die Quantenmechanik erklären?"

Samuel tat so, als sei er von dem Faustschlag schwer getroffen worden und kippte seitwärts vom Stuhl, griff jedoch im Fallen nach seiner Schwester und zog sie zu Boden. Dort begann er sie zu kitzeln. "Na so eine dumme Frage aber auch! Das ist doch ganz einfach. Weil die kleinen Friedmännerchen **UND Friedfrauen oder Friedfräuleins, wer weiß,** alle fürchterlich kitzlig sind und ständig herumzappeln. Durch dieses lästige Gezappel – **Willst du wohl mal stillhalten!** – gibt es einfach keine festen Koordinaten. Alle Raumpunkte sind ständig woanders und ändern sich auch selbst in ihren Eigenschaften. Das ist so, als müsste man durch einen Raum mit lauter zappelnden kleinen Schwestern laufen. Da kriegt man einfach keine gerade Linie mehr hin, da läuft man wie ein Betrunkener und torkelt hin und her."

Kichernd findet die kleine Schwester aber doch wieder ein Haar in der Suppe. Sie will etwas sagen, wird aber gerade wieder so gekitzelt, dass nur Jauchzer herauskommen. Schließlich hält sie Samuel nur zärtlich fest und lässt sie sprechen: "Dann müsste uns ja die ganze Welt ständig besoffen vorkommen, was aber nicht stimmt, denn der Mond und die Planeten bewegen sich ziemlich normal, äh nüchtern."

"Oh meine Tochter, was für ein toller Einwand!" bemerkte nun wieder der Vater. "Da musst du dir einfach nur vorstellen, dass jetzt plötzlich der dicke Schmuel in den Raum voller zappelnder Judiths kommt und der ist so dick und schwer, dass ihn die kleinen Judiths gar nicht stören. Er bemerkt sie und ihr Gezappel gar nicht, sondern trampelt einfach seinen Weg."

Samuel hatte Judith inzwischen losgelassen und beide rappelten sich wieder vom Boden auf.

"Und das ist schon alles?" fragte Judith ungläubig. "Ich meine, so bringt ihr Einsteins Theorie und die Quantenmechanik zusammen?"

Schmuel und Samuel sahen sich nachdenklich an. Schließlich antwortete der Vater.

"Tja, ein kleines Problem haben wir noch. Wir wissen nämlich noch nicht so recht, wie wir die kleinen Friedmann-Kosmen so beschreiben können, dass sie uns ihre zappeligen Eigenschaften auch wirklich zeigen."

"Nun, wenn die Friedmänner und Friedfräuleins in euren Gleichungen nicht zappeln wollen", schlug Judith immer noch kichernd vor, "dann müsst ihr ihnen vielleicht nur ein bisschen Platz geben und sie unter Umständen auch nur einfach etwas kitzeln!"

Wie versteinert sahen Vater und Sohn auf die kleine Judith herab. Beiden standen die Münder offen und nahezu gleichzeitig schlugen sie sich die Hand an die Stirn.

Der Abtransport

Eines Morgens dann war es soweit. Von überall her kamen Lastwagen in die Straßen gefahren und SS-Männer sprangen herunter, rannten sofort in die Häuser und scheuchten brüllend und prügelnd die Bewohner heraus. Auch Samuel hatte dieses Mal keine Warnung erhalten und so schaffte er es gerade noch, Judith in das kleine Versteck hinter dem Herd zu schieben und den Herd wieder davor zu rücken, ehe die Tür aufflog.

"Raus, ihr Judenpack!" brüllte einer und "Hände hinter den Kopf!" ein anderer.

Samuel gehorchte sofort. Mit erhobenen Händen kam auch sein Vater auf die Beine, aber das war den beiden SS-Leuten nicht schnell genug und so rammten sie ihm den Gewehrkolben in den Unterleib. Er sackte zusammen. Als der große SS-Mann gerade ausholte, um Schmuel auf den Kopf zu schlagen, erschien ein mickriger SS-Mann mit Peitsche und brüllte die beiden anderen an:

"Nicht doch die Arbeitsfähigen, du Idiot!"

Die Angeschrienen wichen sofort zurück. Obwohl beide sicher gut zwei Köpfe größer waren als der Mickrige mit der Peitsche, schienen sie regelrecht vor ihm zu kuschen. In beinahe höflichem Ton wandte sich der Kleine an Samuel.

"Haben Sie hier zufällig noch irgendwelche Angehörigen der jüdischen Rasse versteckt, mein Herr?"

"Nein, Herr Sturmbannführer!" antwortete Samuel schnell und ohne mit der Wimper zu zucken. Der Kleine hatte ihn jedoch gar nicht beobachtet, sondern nur auf den Vater geachtet. Nun sah er sich aufmerksam in der winzigen Wohnung um. Es sah aus als würde er Witterung aufnehmen. Schließlich schien er zufrieden und bemerkte:

"Soso, der Jud kennt die Dienstgrade. Ausgezeichnet! Ausgezeichnet!" Er wandte sich an seine Unterstellten und sagte:

"Sehen Sie, meine Herren, darum müssen wir so gut auf die Juden aufpassen. Die wachsen uns noch über den Kopf mit ihrem Klugsein und dann würden solche Napfsülzen, wie Sie es sind, schlicht wieder dahin gehen müssen, wo Sie hergekommen sind. Also in irgendeinen dumpfen Hinterhof oder einen dreckigen Schweinestall oder was auch immer."

Dümmlich antworteten die nur: "Jawohl, Herr Sturmbannführer!"

"Oh, was haben wir denn hier?" Mit seiner Peitsche schob der Kleine ein paar der Blätter und Zeitungsseiten auf dem Küchentisch auseinander. "Der Jud kann sogar schreiben… und da schau her, was er schreiben kann…" Sichtlich erstaunt vertiefte sich der mickrige SS-Mann in die Papiere.

"Interessant, dass bei euch Juden der Hilbert über dem Einstein liegt, der wahre deutsche Mathematiker über dem jüdischen Physik-Spinner Einstein, ihr müsst wahre deutsche Patrioten sein. Womöglich ist es gar falsch, euch alle dieser Sonderbehandlung zu unterziehen…" seine Stimme plätscherte unverständlich murmelnd dahin.

Plötzlich wurde sie wieder laut und er schnellte herum zu einem seiner Männer:

"Sie, packen Sie das ein, suchen Sie, ob noch mehr davon hier ist und bringen Sie alles in meinen Wagen! Verstanden?"

"Jawohl, Herr Sturmbannführer!"

An den anderen SS-Mann gewandt, befahl der Kleine:

"Die beiden Juden runterbringen und ordentlich behandeln!"

Als auch dieser seinen Befehl bestätigt hatte und Samuel und Schmuel per Kopfnicken bedeutete, zur Tür zu gehen, rief der Kleine ihnen noch nach:

"Übrigens, ihr Juden, bei mir hätte der Einstein trotzdem über dem Hilbert gelegen!"

Dann wurden Samuel und Schmuel durch das Treppenhaus hinuntergeführt. Der SS-Mann trieb sie nicht, er schlug sie nicht mehr, er gehorchte seinem Vorgesetzten. Auf der Straße angekommen, brüllte es von oben:

"Halt, ihr Juden!"

Schmuel und Samuel blieben stehen und blickten nach oben zum Balkon.

"Habt ihr nicht noch was vergessen?"

Der Mickrige hielt eine schreckensbleiche kleine Judith an den langen blonden Haaren und ein dämonisches Grinsen lag auf seinem Gesicht. Langsam, unendlich langsam und die Blicke stets auf Samuel und Schmuel gerichtet, griff der kleine SS-Führer Judith bei den Beinen und ließ sie eine Weile über dem Geländer baumeln. Keiner rührte sich und keiner sagte etwas. Nicht einmal das kleine Mädchen ließ auch nur den geringsten Laut von sich hören. Im Gegenteil, sie wirkte wie eine kleine tapfere Heldin, als sie da kopfüber hoch über der Pflasterstraße hing. Sie wusste, dass keiner sie mehr retten konnte und es würde nur das Leben ihres lieben Vaters und ihres Bruders kosten, würden sie irgendetwas versuchen oder sich womöglich einfach nur rühren. Sie blickte die beiden an und schüttelte bedeutsam und fordernd den Kopf. Fast ruhig sahen ihre Augen in die ihres Vaters und als die Hände des mickrigen SS-Führers ihre dünnen Beinchen losließen, da schlossen sie sich und sie gab keinen Laut von sich. Auch Samuel und Schmuel sagten nichts und rührten sich nicht. Stumm und starr sahen sie zu, als ihre geliebte Judith mit einem dumpfen Schlag auf das Pflaster schlug. Stumm blieben sie stehen, als der kleine Körper spastisch zuckte und zitterte und gurgelnde Atemgeräusche von sich gab. Dann endete das Zucken und Judith öffnete die Augen. Es war eine fast unbegreifliche Ruhe in ihrem Blick, den sie gütig auf ihren Vater und ihren Bruder gerichtet hatte. Dann schienen ihre Augen etwas in der Ferne zu gewahren, was sonst keiner zu sehen im Stande war. Ein entrücktes Lächeln umspielte ihre Lippen und Samuel und Schmuel wussten, dass Judiths Geist nun in ihrem geliebten Afrika war.

Stumm beobachteten sie einen SS-Offizier, der seine Pistole zog und das Mädchen endlich mit einem Kopfschuss erlöste.

Vor dem Ende steht die Reise in eine gebrochene Dimension

"Schade", seufzte Schmuel viele Stunden später, als sie nebeneinander, eingepfercht mit vielen anderen Juden in einem Viehwaggon hockten, "ich hätte ihr gerne noch erklärt, wie weit uns ihr toller Vorschlag mit dem 'Raum geben und dem Kitzeln' gebracht hat."

"Ja", antwortete Samuel, froh darüber, dass sein Vater endlich das erdrückende Schweigen gebrochen hatte, "aber ich bin auch irgendwie glücklich, dass es für meine kleine Schwester vorbei ist und dass es so schnell ging. Sie war so tapfer, ich könnte nicht stolzer auf sie sein." Dann, endlich, begann er hemmungslos zu weinen.

Sein Vater, der längst über alle Tränen hinaus war, legte ihm zärtlich den Arm auf die Schulter, zog seinen Kopf auf seine Brust und sprach:

"Du hast die weisen Worte eines Vaters gesprochen mein großer, vernünftiger Sohn. Worte, die ich hätte sprechen müssen, aber ich brauchte es nicht, denn ich habe ja dich. Ich bin der gesegnetste Vater auf der Welt und ich bin stolz, einen Sohn wie dich und eine Tochter wie Judith gehabt zu haben. Jetzt wollen wir deiner wunderbaren Schwester die größte Ehre erweisen, die wir aufbringen können und das ist nicht für sie zu beten, sondern mit ihrem Hinweis das Rätsel zu lösen."

Nach diesen Worten richtete sich Samuel aus seines starken Vaters Armen auf, wischte sich die Tränen aus dem Gesicht und kramte ein kleines Stück Kalk aus seiner Hosentasche. Der Vater fegte mit seinen großen Händen einen Flecken von dem schmutzigen Stroh vor ihren Füßen frei und so hatten sie alles was sie brauchten um ihre Arbeit zu beginnen. Als der kleine Flecken vollgeschrieben war, machten die Leute ringsherum ohne zu murren Platz und einige halfen sogar dabei, weiteren Platz an der Wand oder auf dem Boden zu finden. Interessiert lauschten sie den Diskussionen von Samuel und Schmuel und auch wenn sie nicht viel davon verstanden, so waren sie dennoch froh über diese Ablenkung.

"Das ist es!" rief Schmuel nach einer längeren Passage gemeinsamen Rechnens an der hinteren Waggonwand und riss jubelnd die Arme nach oben. Wieder weinend, aber dieses Mal mit Tränen der Freude in den Augen, klopfte Samuel seinem Vater auf die Schulter und sprach:

"Ja, so geht es, Judiths Hinweis hat es gebracht!"

Der Vater drehte sich zu Samuel um, nahm ihn in die Arme und flüsterte:

"Auf unsere kleine Judith, das wunderbarste Mädchen der Welt!", und dann weinte auch er.

Nach einer ganzen Weile räusperte sich einer der Insassen und fragte vorsichtig und in einer derart altmodischen Höflichkeit, dass einfach alle im Wagen erstaunt die Köpfe hoben:

"Hochgeehrte Herren, darf man erfahren, was Sie da herausgefunden haben? Wir wissen sehr wohl, dass es sicher unangemessen ist, Sie, die hochgelehrten Herren, darum zu bitten, aber vielleicht… und angesichts der Umstände…?"

Der Alte der so gefragt hatte, trug unverkennbar die Kleider und die Würde eines Charams, eines geachteten Rabbiners der sephardischen Juden. Umso stärker wirkte seine fast untertänige Art gegenüber den beiden Männern mit den merkwürdigen Kritzeleien und unverständlichen Worten in einer doch bekannten Sprache, der Sprache der Schlächter nämlich.

Samuel und sein Vater sahen sich zunächst ratlos an. Es war, als würde ihnen erst jetzt bewusst werden, dass sie sich in einem Viehwaggon zusammen mit zig anderen Menschen befanden. Menschen, die wie sie eingepfercht waren, die froren und hungerten, dem Tode näher als dem Leben, der sicheren Vernichtung entgegeneilend. Noch immer den Arm um seinen Sohn geschlungen, antwortete Schmuel schließlich:

"Bitte entschuldigen Sie alle unsere Unverfrorenheit, unsere Frechheit, mit der wir die Flächen dieses Transportmittels in Besitz genommen haben, ohne Sie zu fragen! Danke, dass Sie alle uns haben gewähren lassen! Danke für Ihre Hilfe! Nun wollen wir Ihnen nicht weniger als den inneren Aufbau der Welt erklären, oder…" er wiegte ein wenig den Kopf, "sagen wir ganz vorsichtig: Die Bausteine nahebringen, mit denen man die Struktur der Welt verstehen kann."

Der Alte lächelte. "Wie es scheint kannst du gut predigen, mein Sohn. So predige uns nun von der Welt und ihrer inneren Weisheit und sieh, dass wir alle davon mitnehmen auf unserem Weg zu unserem Herrn."

Und so begann Schmuel die wohl merkwürdigste und gleichzeitig wichtigste Vorlesung seines Lebens zu halten, die gleichzeitig in den Augen und Ohren seiner Jüngerschaft eine Predigt war. Ganz wie bei seiner kleinen Tochter erzählte er von dem Allerkleinsten das es für uns gäbe, das aber noch lange nicht das Kleinste der Welt insgesamt wäre. Er erklärte, dass es da durchaus weiter hinein und hinab in noch größere Kleinheit ginge, wir aber dort nicht hinkämen, weil es für uns nur DAS Greifbare gibt, was es in der uns zugänglichen Welt zu einer bestimmten minimalen Größe geschafft hätte. Auch nach außen seien wir beschränkt und so sehr wir uns auch bemühten, selbst mit Hilfe aller Ressourcen des Universums, wir würden es, das Universum also, nicht verlassen können, weder in Persona noch in unserer Erkenntnis. Er stand in der Mitte des Wagens, hielt sich an einer der hölzernen Säulen fest, während Samuel immer wieder auf bestimmte Gleichungen und Zeichnungen deutete oder hier und da auch einmal eine kleine Ergänzung malte. Die Leute machten dann immer schnell und vorsichtig Platz, um die Symbole nicht zu verwischen, wenn Schmuel sich in seinem Vortrag einem bestimmten Thema näherte.

"Aber", so fügte Schmuel lächelnd an, "wir können trotzdem etwas über diese anderen Gebiete, diese anderen Skalen und Raumbereiche sagen, denn auch wenn wir selbst da nicht hinkönnen, so werden wir doch

66

von all dem, was da außerhalb unserer eigenen Möglichkeiten noch ist, beeinflusst."

"Wie?" fragte eine tiefe Männerstimme.

"Diese Grenzen…" Schmuel machte eine Pause, deutete in eine bestimmte Richtung an die Wand und sofort wurde dieser Bereich von den Leuten, die davor hockten, frei gemacht, "diese Grenzen sind nicht fest. Ihr seht, mein Sohn hat sie absichtlich ganz krakelig gezeichnet und ihr müsst mir glauben, das war wirklich Absicht."

Die Leute lachten.

"Sie zappeln fortwährend, diese Grenzen, und so bringen sie für uns das hervor, was die Wissenschaft inzwischen als Quantenmechanik bezeichnet. Hinter diesem ach so wundersam klingenden Wort steckt nicht viel mehr als die Tatsache, dass der Raum, wenn man immer genauer und genauer hinschaut, eine Art körnige Struktur hat. Und dass diese Körnchen und Krümel ständig hin und her wackeln und dann all die merkwürdigen Dinge hervorbringen, die uns einerseits erstaunen, wie zum Beispiel die Radioaktivität, und die uns andererseits diese Welt überhaupt erst möglich machen, wie zum Beispiel die stabile Bahn eines Elektrons um den Atomkern."

"Und was ist mit den großen Grenzen, denen nach oben?" fragte erneut die tiefe Männerstimme. Sie stammte von einem bärtigen Riesen direkt neben der Wagontür.

"Kommt da etwa dann Gott?" fragte ein Kind direkt daneben.

Schmuel lächelte und schickte seinen Sohn mit einem Kopfnicken in eine andere Ecke des Wagens.

"Nun mein Kleiner… ach, wie heißt du eigentlich?"

"Benjamin… Benjamin Baum, Herr" antwortete der Kleine höflich.

"Danke, aber ich meinte den Kleinen daneben!" Schmuel blickte augenzwinkernd von dem Jungen zu dem bärtigen Riesen. Alle im Waggon lachten und Schmuel fuhr fort.

"Also ich persönlich glaube nicht, dass Gott sich hinter so einer Grenze verstecken würde. Ich denke eher, dass er überall ist, dass es für ihn diese Grenzen nicht gibt und dass er im Gegenteil

dies alles selbst ist."

Er ließ diese Worte eine Weile wirken, ehe er weiterredete:

"Das ist aber nur das was ich glaube, nicht was ich weiß. Aber was ich weiß ist, dass auch die oberen Grenzen zappeln. Nur tun sie das in einer Langsamkeit und einer Stärke, die wir nicht direkt wahrnehmen können. Aber wir sind uns sicher, dass es genau diese zappelnden oberen Grenzen waren, die die inneren Strukturen des von uns beobachtbaren Universums, die Galaxien, die Sterne, die Planeten und auch uns hervorbrachten. Denn ohne diese Zappeleien, diese Unregelmäßigkeiten hätte das ganze Universum voll von einer komplett einheitlichen Soße sein müssen… einer ziemlich langweiligen Soße noch dazu…"

Wieder lachten alle im Wagon.

"Wie wir hier in diesem Raum jedoch alle ohne Mühe sehen können, ist es das nicht, beziehungsweise haben wir zum Glück kein solches Universum, das mit nichts als so einer langweiligen Universumssoße angefüllt ist, nicht wahr, Benjamin? Oder denkst du, dass wir alle langweilige Soße sind?"

"Nein, Herr!"

"Auch kein langweiliger Brei… ein klein wenig gesüßt vielleicht?"

"Nein, Herr!" bestätigte nochmals der kleine Junge mit fester Stimme und der bärtige Riese neben ihm streichelte ihm zärtlich das kahlgeschorene Haupt.

Erneut lachten alle und Schmuel gab ihnen Zeit. Auch begann nun an einigen Ecken eine mehr oder weniger geflüsterte Diskussion über das, was er bisher gesagt hatte. Schließlich erhob Schmuel beide Hände und sofort wurde es wieder still. Nur das Rattern des Zuges und das Pfeifen des Fahrtwindes waren zu hören.

"Nun fragen Sie sich sicher alle, wie wir, also mein guter Sohn Samuel und ich, das ausgerechnet haben. Ich könnte es mir einfach machen und antworten: 'Seht euch doch um, es steht alles ringsum an den Wänden… Sie müssten nicht einmal umblättern oder Steintafeln umdrehen, ab und an ein wenig den Kopf wenden würde schon genügen!'"

Wieder lachten sie und der alte Charam, dessen Augen leuchteten, als wäre der Heilige Geist der Christen in ihn gefahren, ließ sich zu der Bemerkung hinreißen:

"Eine ganz wunderbare Predigt, mein Sohn!"

"Danke!" antwortete Schmuel artig und merkte erst als das Wort schon aus seinem Mund war, wie dankbar er wirklich über die Worte des weisen Rabbiners war und wie gut ihm dieses Lob tat.

"Doch so einfach machen wir es uns natürlich nicht", fuhr er schließlich fort.

Ohne dass es eines Winkes des Vaters bedurft hätte, schritt Samuel zu einem Stück Boden in der Mitte des Wagens und deutete auf eine Zeichnung, während sein Vater erklärte:

"Ehrlich gesagt haben wir sehr lange gerätselt, wie wir es schaffen könnten, die kleinen Friedmann-Kosmen, von denen ich schon sprach, dazu zu bringen, dass sie sich so verhalten, dass sie am Ende die uns bekannte Quantenmechanik hervorbringen. Dann eines Tages, ich erklärte gerade meiner wunderbaren 7-jährigen Tochter unsere schöne Theorie, da sagte sie doch einfach: '… dann gebt ihnen eben mehr Platz und kitzelt sie ein bisschen!'"

Wieder lachten die Leute, aber sie lachten ganz leise, damit sie ja nichts verpassten.

"Wir wussten schon, dass man so einer Friedmann-Kugel einfach ein paar Kräuselungen auf der Oberfläche verpassen könnte und damit das nötige Gezappel beschrieben hätte, aber wir wussten nicht wie wir das mathematisch anstellen sollten. Das heißt, wir wussten es nicht bis zu diesem Tipp von unserer kleinen Judith.

Nach diesem Hinweis war es ganz einfach. Anstatt komplizierte geometrische Veränderungen auf den

Friedmann-Kosmen zu 'erfinden' haben wir einfach nur zugelassen, dass die Oberflächen gar keine Flächen sind, sondern irgendwas zwischen einem Strich und einer Fläche oder einer Fläche und einem Raum, ein Ding mit einer gebrochenen Dimension also."

Ein Raunen ging durch den Raum. Die Leute sahen ihn an, als hätte er soeben die größte Verrücktheit, die man sich nur vorstellen konnte, verkündet und Schmuel, der diese Reaktion durchaus erwartet hatte, lächelte.

"Das ist viel weniger verrückt, als Sie alle vielleicht jetzt denken werden", erklärte er. "Sehen Sie sich einfach einmal die Striche einer unserer Zeichnungen an. Aus der Ferne sind es nichts als Striche, eine Dimension also. Wenn sie näher heran gehen, dann erkennen sie jedoch, dass die Striche auch eine Breite haben, also eigentlich Flächen sind, aber wenn sie ganz nah heran gehen und die Lesebrille aufsetzen,…" allgemeines Gelächter, "… dann erkennen Sie sicherlich, dass die Fläche aus lauter einzelnen Flächenstücken besteht und dazwischen immer wieder Bereiche sind, in denen keine Farbe ist. Noch näher heran, noch weiter vergrößert oder dann auch unter dem Mikroskop, sind die Flächenstücke aber auch wieder nur Flächenstücke und so geht es immer weiter, bis zu den Atomen und wie wir ja alle wissen, sind die auch keine festen Kugeln, nicht wahr?"

"Nein, Herr! Keine Kugeln!" hörte man wieder Benjamin und erneut lachten alle.

"Dass wir also, anstatt komplizierte geometrische Kräuselungen zu konstruieren, einfach auf gebrochene

Dimensionen zurückgriffen, auf angeknackste, löchrige oder raue Flächen, wenn Sie so wollen... Das, genau das, brachte uns überhaupt erst in die Lage das Gezappel zu beschreiben. Kaum hatten wir es aber in die Gleichungen von unserem Glaubensbruder Einstein eingebaut, geschah etwas Merkwürdiges..." Gekonnt machte Schmuel an dieser Stelle eine Pause und blickte schweifend in die Runde. "Plötzlich erscheint die Zeit als nichts anderes als die Variation genau dieser Dimension, versteht ihr das?"

Schmuel hatte nun das höfliche "Sie" endgültig aufgegeben, denn vor ihm saßen seine Schüler und Studenten und es waren die besten die er jemals hatte.

"Die Tatsache, dass die kleinen Friedmann-Kosmen oder Friedmänner und Friedfräuleins, wie Judith immer sagte..." Gekicher, "... die Tatsache, dass diese Dinger sich an ihren Oberflächen nicht recht entscheiden können, welche Dimension sie dort haben wollen, die Tatsache, dass sie ständig um die Eigenschaft Fläche, also zwei Dimensionen, herum schwanken, bringt für uns das Erscheinungsbild der Zeit."

Man hätte ein Haar fallen hören können, wären nicht die Geräusche von außen gewesen, so knisternd war die Spannung im Wagen.

"Und noch etwas passiert nun: Die Eigenschaften, die nun die Friedmänner und Friedfräuleins annehmen, sind genau die, welche wir als Quantenmechanik kennen und in unserer Welt beobachten."

"Und oben?" fragte wieder die tiefe Stimme des bärtigen Riesen, der nun den kleinen Benjamin in seinen gewaltigen Armen hielt und dessen Gesicht eine solche Spannung zeigte, dass es aussah, als würde es leuchten. Seine Stimme hatte etwas Übernatürliches, so als käme sie von überall her zugleich. Schmuel lächelte. Er war so unendlich glücklich über diese wunderbaren Zuhörer, diese Schüler, die seine Letzten, aber auch seine Besten sein würden.

"An den Grenzen unseres eigenen Universums, unseres Friedmann-Kosmos sozusagen, ist es ebenso. Das heißt, auch da gibt es eine gebrochen dimensionale Fläche, eine Hyperfläche, um genau zu sein, und die bestimmt die Quantenmechanik in der Welt darüber, während die Signale und Einwirkungen von dort bei uns die Strukturen hervorbrachten und bringen, die wir Galaxien, Sterne, Planeten und Menschen nennen."

"Dann sind wir und unser ganzer Kosmos nur die Schale in einer Zwiebel, Herr?" fragte nun beinahe etwas enttäuscht der kleine Benjamin.

Samuel lachte unwillkürlich schallend auf und rief dann, seinem Vater beispringend:

"Aber ja, mein guter Junge und warum ist das denn so enttäuschend für dich? Da sind sogar noch mehr Schalen, denken wir. Unendlich viele ins Kleine und unendlich viele ins Große und dann gibt es ganz sicher auch noch unendlich viele solcher Zwiebeln und alle sind voller Friedmänner und Friedfräuleins."

"Und trotzdem, meine Junge", warf nun Schmuel ein, "macht das dich kein bisschen kleiner oder unbedeutender. Denn obwohl du nur ein Wesen in einem winzigen Teilkosmos, in einer dieser kleinen Friedmann- oder Friedfrauschalen bist, und es davon unendlich viele rauf und runter und daneben und so weiter, gibt, trotzdem hat nur an einer Stelle ein Junge namens Benjamin gerade diese wunderbare Frage gestellt und diesen wunderbaren Vergleich mit der Zwiebel hervorgebracht. Wir, Samuel und ich, der ganze Wagen und das gesamte Universum danken dir dafür!"

"Es sind erst diese scheinbaren Kleinigkeiten, die uns so besonders machen, die dich, Benjamin Baum, so besonders machen."

Mit diesen Worten verneigten sich Schmuel und Samuel vor dem kleinen Jungen, dessen Augen strahlten, als wäre ihm gerade das ewige Leben geschenkt worden.

In diesem Augenblick erinnerte sich Samuel an die Worte seines Vaters nachdem sie die beiden Jungen beerdigt hatten und er ergänzte:

"Darin liegt eine tiefe Weisheit, es ist die Weisheit unseres Glaubens und der Grund, warum wir auserwählt sind, warum unser Volk auserwählt wurde, warum es geprüft und gekrönt wird über allen anderen Völkern. Vergesst das nie, meine Brüder und Schwestern!"

Schmuel war nun fertig mit seinem Vortrag. Er wusste, dass er und Samuel noch ein Puzzleteil finden mussten, aber er wollte dieses kleine technische Detail hier nicht ausbreiten. Es war das Privileg des Lehrers seine Schüler auch mit Fragen zu entlassen.

Diesmal dauerte es sehr lange bis sich die Menschen rührten. Dann sagte der alte weise Rabbiner plötzlich:

"Amen!" und stimmte "Avinu Malkeinu" an, in das sofort alle im Waggon einstimmten.

www.youtube.com/watch?v=0YONAP39jVE

Es wurde der schönste Gesang, den Samuel und sein Vater jemals gehört hatten und beide weinten sie vor Freude und Erfüllung.

*

Als der Zug nach einer langen quälenden Fahrt an der Rampe von Auschwitz ankommt, sind im Waggon von Schmuel und seinem Sohn nahezu alle Flächen beschrieben und obwohl sie völlig erschöpft und entkräftet. sind versuchen die deportierten Juden vorsichtig über die Formeln und Symbole zu steigen, um sie nicht zu zerstören. Sie alle wissen nicht, dass der Waggon, so wie der gesamte Zug, zurück in den Westen des Reiches fahren wird, um dort für den nächsten Transport nach Auschwitz bereit zu sein. Diesen Transport aber wird es nicht mehr geben.

*

Die amerikanischen Streitkräfte eroberten, bald nachdem der Zug angekommen war, Stadt samt Bahnhof und ein junger Offizier traute seinen Augen nicht, als ihm ein aufgeregter Soldat den Wagon mit den geheimnisvollen Symbolen zeigte. Der Offizier war im normalen Leben Mathematiker und wäre um ein Haar im Manhattan-Projekt gelandet, weil er wirklich gut war in seinem Fach. Seine Familie aber entstammte einer regelrechten Militärdynastie, in der fast jedes männliche Mitglied "ordentlichen Dienst" geleistet hatte. So war auch der junge Mathematiker halb überzeugt, halb von der Familienehre gezwungen, lieber an die Front und in den echten Militärdienst gegangen, als im sicheren "Site X", wie man das Oak Ridge Laboratory in Tennessee nannte, an der Superbombe zu forschen. Auch er staunte, als er den Waggon betrat. Das ging weit über sein Verständnis hinaus, aber er erkannte, dass hier die Allgemeine Relativitätstheorie und die Quantenmechanik buchstäblich in einem Raum vereint waren. So ließ er sich eine Kamera bringen und fotografierte sämtliche Flächen und notierte sich die Positionen der einzelnen Ausschnitte in einem kleinen Büchlein, welches er stets bei sich trug.

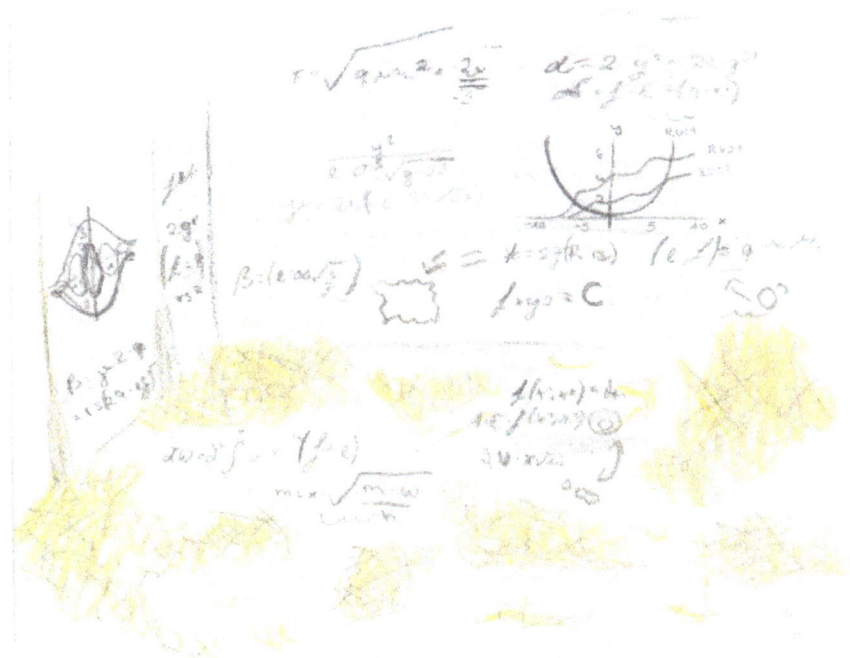

Das letzte Puzzleteil

Samuel und sein Vater waren taub und blind ob der Grausamkeiten, des Sterbens und Leidens um sie herum. Ja, sie waren auch taub und blind ob der Grausamkeiten, die ihnen selbst widerfuhren. Sie hatten heftig untereinander diskutiert, als sie an der Selektionsrampe in eine bestimmte Richtung gestoßen wurden, als sie in einen großen Trakt getrieben wurden, wo sie sich zu entkleiden hatten und sie ignorierten die scheinheiligen Erklärungen über notwendige Entlausung beziehungsweise Desinfektion in der KZ-eigenen Dusche. Sie beide wussten, dass sie nicht mehr viel Zeit hatten und der dumme Versuch, das Vergasen mit Zyklon B als Desinfektion zu kaschieren, war eine Beleidigung ihres überragenden Intellekts. Sie lasen die Zeichen, kombinierten die Informationen und hatten doch Wichtigeres zu tun, als sich mit dem Unvermeidbaren mehr zu beschäftigen, als dies nötig war, um die Zeit abzuschätzen, die sie noch haben würden, um ihr Rätsel zu lösen. Hätte auch nur ein einziger der selbsternannten "Herrenmenschen", dieser dumpfen, umstehenden Wachen geahnt, welche göttliche Genieleistung sich gerade vor den blinden Sinnen der SS-Mannen vollzog, er hätte sofort seine Kammeraden liquidiert und wäre vor Scham selbst in die Kammer gegangen, um sich von den hier wartenden Opfern vergasen zu lassen. Aber von diesen rohen Menschen ahnte keiner etwas, auch die von der SS eingebundenen Mithäftlinge, die man Kapos nannte, spürten nichts. Keiner wollte oder konnte etwas sehen, hören, schmecken, fühlen. Und die Opfer? Ich weiß es nicht mein Kind, denn ich war nicht dabei, aber man hatte Samuel und seinem Vater Platz gelassen. Platz, damit sie in dem unmenschlichen Gedränge mit einer Keramikscherbe ihre letzte Botschaft in die Wand ritzen konnten. Etwas, das später als die Stamler-Gleichung in die Wissenschaft Einzug halten würde. Aber das geschah erst viele Jahrzehnte später.

Woher ich das weiß? Es gab an jenem Tag einen merkwürdigen Eintrag im sogenannten "Täglichen Vernichtungsprotokoll", der von zwei "überaus bemerkenswerten männlichen Kadavern" berichtet. Und dann waren da noch die Häftlinge, die die Leichen anschließend an Armen und Beinen aus der Kammer ziehen und zu den Öfen schaffen mussten. Unter denen waren viele, die tagtäglich damit rechneten, selbst ins Gas gehen zu müssen und viele von ihnen wünschten sich auch, auf diese Weise von dem Schrecken, den sie täglich sehen und erleben mussten, erlöst zu werden. An diesem Tag jedoch fühlten manche von ihnen so etwas wie Erlösung und als das Lager am 27.1.1945 endlich befreit wurde, da erzählten sie ihren Befreiern von diesem besonderen Tag im Vernichtungstrakt. Dies alles wurde aufgezeichnet, aber keiner hatte es besonders ernst genommen, geschweige denn mit der Kritzelei an der Wand in der Gaskammer in Verbindung gebracht.

Diese Kritzelei jedoch, diese von Samuel und seinem Vater in den harten Beton der Gaskammer gekratzte Botschaft war die Krönung ihres Werkes. Stolz, unglaublich stolz waren sie beide im Angesicht dessen, was sie geschaffen hatten. Sie sahen sich an, wohl wissend, dass sie nun sterben würden und dennoch waren sie glücklich und zufrieden. An diesem Heiligabend im Jahre 1944 sahen sich zwei Forscher, Vater und Sohn, in die Augen und da war nichts als pure Freude. Sie hatten eine Formel für die Welt gefunden und es störte sie kein bisschen, dass sie nicht mehr die Chance hatten ihre Resultate der Welt kund zu tun. Sie wussten nun, dass nichts verloren ging und irgendwann würde man ihr Werk erkennen und zusammenführen und dann könnten andere darauf aufbauen, es vervollständigen oder gar Dinge damit tun, die heute noch wie Zauberei erscheinen mögen. Wenn sie in diesem Moment jemand gefragt hätte, ob sie nicht ein anderes Leben hätten wählen wollen, sie hätten beide mit "Nein" geantwortet, denn sie wussten, dass es auch das Leid und die Qual war und diese ganze Unsäglichkeit ihres schrecklichen Lebens als Juden im Nationalsozialistischen Deutschland, die sie so weit getrieben hatte. Hitler und seine dummen Schergen mochten Millionen von ihnen ermordet haben, aber die Bedingungen, die die Nazis dabei schufen, hatten zwei geniale Geister vereint und so indirekt geholfen mehr jüdische Substanz hervorzubringen, als selbst ein realisiertes "Tausendjähriges Reich" und ein ewig lebender Weltkriegsgefreiter je hätten schaffen oder auch zerstören können. Hitler hatte in diesem Moment, an jenem 24.12.1944, bereits verloren, selbst wenn er in seinem dummen Krieg doch noch gewonnen hätte. Er war ein Nichts, ein Niemand, eine weitere dieser vielen Nieten der Geschichte die, wenn überhaupt, allenfalls dazu da waren, den kleinen negativen Auslöser, den Bereitsteller der nötigen Randbedingungen zu spielen, damit Größere das schaffen würden, was dem Universum wichtig war. So hatte Hitler in einer seiner Gaskammern dafür gesorgt, dass genau diese Rasse, die er eigentlich vernichten wollte, das hervor brachte, was aus Sicht des Universums, Gottes, der Schöpfung oder wie immer man es nennen mag, ewig strahlend und rein sein würde. Von Hitler und seinen Schergen aber blieb nur ein winziger Schmutzfleck, der langsam und stetig als unbedeutend, vielleicht auch als notwendig-lästiges Übel verschluckt und verdaut werden würde.

Ja, sie hätten dasselbe Leben noch einmal gewählt... womöglich aber ohne Leid für den Rest ihrer Familie, mit einem etwas glücklicheren Ende für alle, aber das spielte nun keine Rolle mehr, denn bald hätten sie es beide geschafft. Nichts war umsonst oder vergeblich gewesen, alles hatte Sinn, beziehungsweise sie hatten es vermocht, diesen Sinn zu erkennen, ihn gar zu erschaffen. Dies in all dem Schrecken und im Angesicht des nahen furchtbaren und qualvollen Todes zu erkennen, war ihr größter Triumpf. Es war ihr ganz persönlicher Sieg über ihre unmenschlichen Gegner. Sie hatten etwas geschafft, was keine Weltkriegsalliierten mit keiner vereinten Armee je hätten schaffen können, sie hatten das System Hitlers in ihrem eigenen schwachen Inneren vernichtet.

Der Vater nahm seinen Sohn in den Arm und küsste ihn.

"Ich danke dir, mein Sohn!" flüsterte er, "du hast mir das größte Geschenk gemacht, was man in dieser Welt überhaupt bekommen kann. Ich weiß jetzt, dass ich ohne Angst gehen kann und dass ich dich wiedersehen werde, wo auch immer uns dieser Weg hinführt."

Der Sohn schlang seine Arme um den Vater und schluchzte vor Freude.

"Jetzt muss ich dir noch ein Geschenk machen", flüsterte der Vater weiter, "denn für die Christen ist heute Weihnachten. Auch für die, die uns heute hier umbringen. Es ist ein Geschenk aus tiefstem Herzen und es ist das Wertvollste, was ich dir unter diesen Umständen geben kann."

J. Cash „hurt"

www.youtube.com/watch?v=L_gytJd6PsE

Samuel nickte still, den Kopf an der Brust seines Vaters. Im Hintergrund hörte man, wie die Klappe in der Decke geöffnet wurde. Kinder, Mütter, Väter begannen zu schreien, hier und da hörte man Gebete, Menschen verloren die Kontrolle über ihre Körper und nicht wenige brachen bewusstlos vor Todesangst zusammen. Denn sie alle wussten, was nun geschehen würde. Aus einem zylindrischen Behälter wurden die Zyklon B-Kristalle durch die Klappe in einen stabilen Gitterrost in der Mitte des Raumes gekippt, dann schloss sich die Klappe wieder und trotz der schrecklichen Schreie der Menschen hörte man das teuflische Zischen, das von den Kristallen ausging, als diese langsam verdampften und ihre giftige Fracht in die Luft abgaben.

"Danke Vater!" flüsterte Samuel und versuchte, seinen schwachen kleinen Körper so willenlos entspannt wie nur möglich werden zu lassen. Er wollte es dem Vater nicht schwer machen. Mit einem schnellen Griff und einem gewaltigen Dreh brach der Vater seinem Sohn das Genick, so dass Samuel nicht leiden musste. Erst dann übergab sich der Vater seiner Trauer um den eigenen Sohn. Er hielt die tote Hülle seines Sohnes so fest er nur konnte und in all seiner Traurigkeit spürte er kaum die Qualen des eigenen Körpers. Im Sterben dachte er an die wunderbare gemeinsame Zeit und an all das, was sie, Sohn und Vater, geschaffen hatten und so verdrängte wieder diese unbändige Freude alles Leid und alle Trauer.

*

In den Protokollen der SS fand man für diesen Tag den verwunderten Eintrag des Lagerarztes über zwei Leichen, offenbar Vater und Sohn, die ein so strahlendes Lächeln trugen und die in all dem Gedränge so allein lagen, dass selbst unter den bösen Schlägen der Kapos kein Häftling sich getraute, sie anzurühren und aus der Gaskammer zu schaffen.

Als schließlich ein SS-Mann nachsah und beim Anblick der Leichen zunächst erstarrte und kurz darauf beinahe panisch nach dem Lagerarzt zu holen befahl, da lösten sich mehrere der Häftlinge aus der eingeschüchterten grauen Masse der "Liquidatoren" des "Sonderkommandos" und schritten auf die toten Körper von Samuel und seinem Vater zu. Ohne auf die SS-Männer oder die Kapos zu achten, nahmen sie die beiden Leichen behutsam und würdevoll auf die Arme und brachten sie zum Aufzug, der zum Krematorium führte. Niemand schritt ein. Am Aufzug legten sie die beiden Toten nebeneinander und richteten sie so her, dass sie sich in den Armen hatten und anblickten. Ja, es schien, als würden sie sich anlächeln. Dann schritten die Männer zurück und nahmen ihre Kopfbedeckungen ab. Alle anderen Liquidatoren und Kapos folgten ihrem Beispiel. Für einen kurzen Augenblick stand alles still im sonst so geschäftigen Vernichtungstrakt. Selbst der SS-Mann, der die Leichen genauer betrachtet und nach dem Lagerarzt geschickt hatte, nahm seine Dienstmütze vom Kopf. Es heißt, er hätte sich noch am selben Abend erschossen.

Über die Entstehung der "Theorie von Allem" und der "Weltformel"

von Dr. rer. nat. habil. Norbert Schwarzer

Kann es sein, dass eine alte Kiste mit Papieren von vor über 80 Jahren, die mehr als ein halbes Jahrhundert lang auf dem Dachboden eines gottverlassenen alten Hauses in Ostdeutschland versteckt war, alle notwendigen Hinweise enthielt, um die "Weltformel" oder "Theorie von Allem" zu finden?

Kann es sein, dass diese Papiere ursprünglich zwei Juden, Vater und Sohn, gehörten, die während des Zweiten Weltkriegs von den Nazis umgebracht wurden?

Zwei Juden, die schon kurz davor waren, den "Heiligen Gral der Wissenschaft" zu finden - lange bevor andere überhaupt über dieses Problem nachdachten, dann aber, kurz bevor sie ihre Arbeit beenden konnten, in Auschwitz - wie so viele andere - vergast wurden.

Eine Geschichte, die viel zu entsetzlich und faszinierend ist, um wahr zu sein, oder?

Und doch ist es da, ein Buch, das beides zusammenbringt: die Geschichte der beiden Juden und die Herleitung der "Weltformel"…

Norbert Schwarzer:

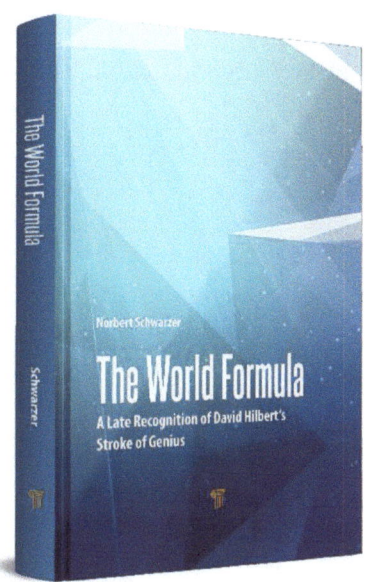

ISBN 9789814774475
Veröffentlicht 2020
216 Seiten

ISBN 9789814877206
in Veröffentlichung 2021
450 Seiten

Verlag: Jenny Stanford Publishing

Dabei stellt der Autor deutlich klar, dass nicht etwa er selbst es war, der die „Weltformel" gefunden hatte. Diese Arbeit wurde bereits vor über 105 Jahren von dem deutschen Mathematiker David Hilbert getan. Aber ganz offensichtlich hat dies niemand erkannt. Der Autor erklärt weiterhin, dass der Anstoß, den er brauchte, um seine Nachforschungen zu diesem Thema zu beginnen, nicht etwa von ihm selbst kam. Es war die Kiste mit alten Veröffentlichungen und Kritzeleien, die dank einem puren

Zufall in seine Hände gefallen war und die alles beinhaltete was er brauchte. Es war die Arbeit der beiden Juden, die den Autoren anregten und in die richtige Richtung stießen. Seine Arbeit bestand lediglich darin, alles zusammenzutragen...